Günter Huth

Der *Schoppenfetzer* und die Weindorftoten

Günter Huth wurde 1949 in Würzburg geboren und lebt seitdem in seiner Geburtsstadt. Er kann sich nicht vorstellen, in einer anderen Stadt zu leben. Von Beruf ist er Rechtspfleger (Fachjurist). Günter Huth ist verheiratet und hat drei Kinder.
Seit 1975 schreibt er in erster Linie Kinder- und Jugendbücher sowie Sachbücher aus dem Hunde- und Jagdbereich (rund 40 Bücher). Außerdem veröffentlichte er zahlreiche Kurzerzählungen. In den letzten Jahren hat sich Günter Huth vermehrt dem Genre »Krimi« zugewandt und in diesem Zusammenhang bereits einige Kriminalerzählungen veröffentlicht. 2003 kam ihm die Idee für einen Würzburger Regionalkrimi.
Der Autor ist Mitglied der Kriminalschriftstellervereinigung *Das Syndikat.*

Die Handlung und die handelnden Personen dieses Romans sind frei erfunden. Jede Ähnlichkeit mit toten oder lebenden Personen oder Persönlichkeiten des öffentlichen Lebens ist nicht beabsichtigt und wäre rein zufällig.

Günter Huth

Der *Schoppenfetzer* und die Weindorftoten

Der siebte Fall des Würzburger
Weingenießers Erich Rottmann

Buchverlag Peter Hellmund

Im Jahre 2007 errichtete eine in der Region Unterfranken weit verbreitete Genossenschaftsbank auf dem Unteren Markt in Würzburg – genau an der Stelle, an der einst das Wohnhaus des bekannten Baumeisters Antonio Petrini gestanden hatte – ein ihrer Meinung nach repräsentatives Bankgebäude. Der ursprüngliche Bau war in der verheerenden Bombennacht des 16. März 1945 zerstört und die Ruine später, bei der Neugestaltung des Unteren Marktes, abgerissen worden.

Der Neubau, FORUM getauft, ist im Sprachgebrauch der Würzburger „das Petrinihaus“ geblieben. Die Errichtung dieses Gebäudes spaltete die Bürger der Stadt in Befürworter und Gegner, die sich ziemlich unversöhnlich gegenüberstanden. Entsprechende Demarkationslinien verliefen quer durch die politischen Parteien, durch den Stadtrat und durch die Stammtische. Bewahrer fochten hier voller Emotionen gegen Erneuerer und umgekehrt. Gleichgültig blieben nur wenige.

Es gab in der Stadt aber nur eine Handvoll Menschen, die die wahren Hintergründe kannten, die zum Bau dieses umstrittenen Gebäudes geführt hatten. Motive, die dem Verfasser dieser Zeilen unter dem Siegel der Verschwiegenheit anvertraut wurden. Zum Schutz noch lebender Beteiligter wurden Sachverhalte abgewandelt, agierende Personen völlig anders dargestellt und Tatsachen so verändert, dass Rückschlüsse von den Fantasieprodukten des Verfassers auf tatsächliche Gegebenheiten und Wahrheiten unmöglich sein dürften. Es ist nun die spannende Aufgabe des Lesers, die in dieser Geschichte möglicherweise versteckten Abgründe menschlichen Verhaltens zu erkennen, ihre Hintergründe zu erforschen und sich dabei eine eigene Meinung zu bilden.

Im Grunde begann die Geschichte des neuen Petrinihauses in einer kalten Winternacht im Jahre 1673 in Würzburg …

Der Mann eilte hastig durch die finsteren Häuserschluchten der Stadt. Die Pelzmütze aus Bisamfell hatte er tief ins Gesicht gezogen, den Mantelumhang eng um seinen schlanken Körper geschlungen. Trotzdem bohrte sich der eisige Wind unangenehm durch jede Masche seiner Kleidung.

Sein Gang war unsicher. Nach dem Besuch bei der alten Zigeunerin hatte er sich in eine der vielen Weinstuben gesetzt, einen Teller Salzfleisch mit reichlich Sauerkraut gegessen und dazu einen Humpen Frankenwein getrunken. Im regen Disput mit einigen Räten der Stadt hatte er die Zeit vergessen und war dadurch wesentlich länger außer Haus geblieben, als er ursprünglich geplant hatte. Das war auch der Grund, warum er keine Laterne mit sich führte. Zudem machten es ihm das schlechte Wetter und sein Alkoholgenuss nicht leicht, seinen Weg durch die finsteren Gassen zu finden.

Der kalte Graupelschauer peitschte ihm ins Gesicht und zwang ihn dazu, seinen Blick auf die schlammige Straße zu senken. Das schwache Kerzenlicht, das durch die Fenster der Häuser auf die Straße fiel, half nur wenig.

Der Winter hatte Würzburg fest in seinen Klauen. Nur wer unbedingt musste, verließ seine Behausung und setzte sich Schnee und Frost aus. Die nasskalte Witterung war für einen Südländer wie ihn ungewohnt und nur schwer zu ertragen.

Schlagartig kamen ihm wieder die Worte der alten Zigeunerin in den Sinn. Vor einigen Tagen waren die Wagen der Sippe vor den Toren der Stadt aufgefahren. Das fahrende Volk lockte die Bürger der Stadt mit allerlei Kunststücken und Vorführungen vor die Stadtmauer. Der Rat hatte der Sippe ein Bleiberecht von einer Woche eingeräumt, dann sollten sie wieder weiterziehen. Den Stadtbütteln war aufgetragen worden, auf die Zigeuner ein wachsames Auge zu werfen. Nach Einbruch der Dunkelheit durfte sich keiner von ihnen mehr innerhalb der Stadtmauern aufhalten. Die Attraktion war eine alte Zigeunerin, die den Menschen die Zukunft voraussagte. Obwohl das Domkapitel heftigen Einspruch gegen die Praktiken dieser Gottlosen erhob, nutzten einige Bürger nach Einbruch der Dunkelheit die Gelegenheit, sich von der alten Zigeunerin die Karten legen zu lassen.

Auch er hatte das Bedürfnis verspürt. Bei aller Religiosität war er ein abergläubiger Mensch. Dass die Aussage der alten Frau aber so erschreckend ausfallen würde, hätte er sich nicht träumen lassen. Vielleicht war das auch der Grund, warum er sich in der Weinstube der berauschenden Wirkung des Weines ausgiebiger hingegeben hatte, als für ihn verträglich war.

Plötzlich rutschte er auf einer vereisten Stelle aus und konnte nur mit Mühe sein Gleichgewicht halten. Es entfuhr ihm ein heftiger Fluch.

„Guten Abend, Meister Petrini", kam plötzlich und unvermutet eine tiefe Stimme aus der Dunkelheit, „kann ich Ihnen behilflich sein? Soll ich Sie nach Hause begleiten?"

Der Angesprochene blickte erschrocken ins Licht einer Laterne. Im dürftigen Schein konnte er trotz der dichten Graupel den metallischen Schimmer eines Spießes erkennen. Er hatte den Nachtwächter nicht gesehen, der sich nun aus der Dunkelheit eines Hauseinganges löste und einen Schritt nach vorne tat. Sein schwarzer Umhang ließ ihn völlig mit den dunklen Hauswänden verschmelzen.

„Grazie, grazie", gab der Angesprochene hastig zurück, „alles in Ordnung." Seine Stimme war heiser. Schon seit Tagen wurde er von einer Erkältung geplagt.

„Na, dann Gott befohlen und einen gesunden Schlaf", grüßte der Nachtwächter freundlich und wartete, bis der honorige Gast der Stadt weiter seines Weges ging. Als jener dann um die Ecke der Marienkapelle bog, verlor er ihn aus den Augen. Petrini war einer der angesehensten Bewohner der Stadt und ihm war bekannt, dass die Herren im Rat größten Wert darauf legten, dass es ihm in Würzburg gut ging und er weiterhin gerne in der Stadt blieb. Der Nachtwächter wusste, dass Petrini nur noch wenige Schritte von seinem Haus entfernt war, das er sich am Unteren Markt errichtet hatte. Er musste sich also keine Gedanken machen. Langsam drehte er mit tief ins Gesicht gezogenem Dreispitz weiter seine Runde.

Antonio Petrini, 1621 in Trient geboren und damals 52 Jahre alt, war einer jener italienischen Baumeister, die dem Ruf von Fürsten und kirchlichen Würdenträgern in den Norden gefolgt waren und an der Erneuerung der Befestigungen deutscher Städte mitwirkten beziehungsweise am Bau zahlreicher Kirchen und weltlicher Profanbauten beteiligt waren. Das Schicksal hatte ihn nach Würzburg geführt. Vom Fürstbischof und Rat der Stadt hatte er Aufträge erhalten und sich daher entschlossen, sich in der Domstadt niederzulassen, und sich ein repräsentatives Anwesen gebaut.

Er kratzte sich die Stiefel am Abstreifer ab und betrat sein Haus. Die großzügig gestaltete Eingangshalle war durch mehrere Kerzenleuchter erhellt. Seine Bediensteten, eine Köchin und ein Hausmädchen, wussten, dass ihr Herr es gerne hell hatte.

Walburga, das Mädchen, kam aus der Küche, wo es mit der Köchin zusammengesessen hatte.

Es wünschte einen guten Abend, Petrini erwiderte den Gruß, dann half das Mädchen ihm aus dem Mantel und nahm ihm die Mütze ab.

„Die Köchin hat das Abendessen vorbereitet, Meister Petrini", sprach es, während dieser zum hölzernen Stiefelknecht ging, um sich von seinem nassen Schuhwerk zu befreien. Er schlüpfte in die bereitstehenden Filzlatschen, dabei winkte er ab. „Ich habe bereits gegessen. Bring mir noch einen Becher vom Roten, ich habe noch zu arbeiten und möchte nicht mehr gestört werden. Du und die Köchin, ihr könnt euch niederlegen."

Walburga merkte natürlich, dass ihr Herr angetrunken war, sagte aber nichts. Sie nickte, dann entfernte sie sich, um die Kleider zum Trocknen aufzuhängen und den Wunsch Petrinis zu erfüllen.

Der Baumeister betrat sein Arbeitszimmer im ersten Stock des Hauses. Es handelte sich um ein geräumiges Atelier, das mit großen Fenstern und mehreren großflächigen Zeichentischen ausgestattet war. Überall standen Zeichenrollen, diverse Zirkel, Lineale und Stifte herum, die von der Tätigkeit des Hausherrn zeugten.

Petrini näherte sich dem großen Ohrensessel vor dem hohen offenen Kamin, in dem ein hell flackerndes Feuer brannte, das eine wohlige Wärme verbreitete.

Er nickte zufrieden. Auf Walburga war wirklich Verlass. Petrini ließ sich nieder und legte die Beine auf einen lederbezogenen Hocker. Mit einem entspannten Seufzer löste er den Knopf am Bund seiner Hose. Die letzte Stunde des Tages vor dem Kamin genoss er besonders.

Es klopfte an der Tür.

„Avanti", erwiderte Petrini.

Walburga huschte herein und stellte den Becher mit Wein

auf einen kleinen Beistelltisch neben dem Sessel. „Ich wünsche eine gute Nacht", sagte sie leise und entfernte sich wieder.

Petrini murmelte ein „Grazie", dann nahm er den Becher in die Hand und trank einen Schluck. Langsam ließ er den Kopf gegen das Polster sinken. Sofort drängten sich die Worte der alten Zigeunerin in seinen Kopf. Er wusste, dass es für einen gläubigen Christen eine Sünde war, sich mit Wahrsagerei zu beschäftigen. Aber dort wo er herkam, war Aberglaube tief in der Bevölkerung verwurzelt, und auch er konnte sich dem nicht entziehen. Immer wieder fand er den Weg zu Kartenlegerinnen und Handleserinnen. Meistens waren die Auskünfte dieser Frauen verwaschen und wenig konkret gewesen, im Großen und Ganzen jedoch positiv. Die Worte der Alten von heute dagegen hatten ihn sehr beeindruckt. Im bunt bemalten Pferdekarren hatte er ihr gegenübergesessen, während sie ihm die Karten legte. Mit einem leisen Schaudern erinnerte er sich an das Geräusch, das ihre schmutzigen, krallenartigen Fingernägel verursacht hatten, als die Frau auf die Kartenbilder tippte und dabei Unverständliches murmelte.

„Der Herr wird ein hohes Alter erreichen und in Wohlstand leben", hatte sie nach einiger Zeit erklärt und nach kurzer, wirkungsvoller Pause hinzugefügt: „Wenn der Herr auf sich aufpasst." Dann hatte sie eine lange Pause eingelegt und geraume Zeit eine Karte angestarrt, auf der der Tod als Sensenmann dargestellt war. Als Petrini dachte, es würde nichts mehr folgen, fuhr sie mit heiserer Stimme fort: „Hüte dich, Herr! Auf dein Haus werden Feuer und Schwefel fallen und es vernichten." Dann war sie verstummt. Petrini hatte nach Einzelheiten gefragt, aber die Alte hatte nur den Kopf geschüttelt und geschwiegen. Schließlich hatte er sie entlohnt und war gegangen.

Wenn er an die heisere Stimme der Alten dachte, lief ihm ein

Schauder den Rücken hinunter und kalter Schweiß trat ihm auf die Stirn. Er nahm einen kräftigen Schluck aus dem Becher. Der herbe Wein linderte den galligen Geschmack, den er auf der Zunge spürte.

In dieser Nacht, während das Kaminfeuer langsam herunterbrannte und sich der Becher leerte, fasste Antonio Petrini einen Entschluss. Wer war er denn, dass er sich einem von den Mächten gesponnenen Schicksal wehrlos ergab? Er holte sich mit einem Kienspan Feuer aus der Glut des Kamins, zündete die Kerzen eines Leuchters an und stellte ihn auf einen der Zeichentische. Petrini trank den Becher in einem Zug leer, dann griff er sich einen großen Bogen Zeichenpapier und begann mit einem Kohlestift in großzügigen Linien einen Grobentwurf zu skizzieren. Als Baumeister lag es schließlich an ihm, Räume und Gegebenheiten nach seinem Willen zu schaffen und zu verändern. Warum nicht auch bei seinem eigenen Haus? Antonio Petrini hatte nicht vor, hier zu verbrennen.

In den ersten Jahren dieses Jahrhunderts

Die beiden Männer mittleren Alters trieben ihre Reitpferde durch eine Hecke. Nun lag das Gelände um die Frankenwarte vor ihnen. Toni Buschwächter, Baureferent der Stadt Würzburg, schlank, hochgewachsen, im klassischen Reiterdress, ritt eine Haflingerstute, während Arnulf Hünnerklein, Direktor der BR Bürger- und Reibeisenbank, untersetzt, mit Halbglatze, in Jeans und mit Westernboots, im Sattel eines Fjordpferdes saß. Die beiden Pferde schnaubten heftig, denn sie hatten gerade eine längere Strecke im Galopp hinter sich.

„Kurze Pause", schlug Buschwächter vor und zügelte sein Tier. Langsam ließ er sich von der Stute die Zügel aus der Hand ziehen. Sie senkte den Kopf und schnupperte am Gras.

„Gerne", gab Hünnerklein sichtlich erleichtert zurück. Sein Begleiter war der eindeutig bessere Reiter und saß daher wesentlich lockerer im Sattel.

Der Wallach drehte den Kopf und schnüffelte interessiert am Hals der Stute herum, was diese wiederum mit einem unfreundlichen Wiehern quittierte.

„Typisch Weiber", kommentierte Buschwächter das Verhalten der Stute und lachte.

Die beiden Reiter glitten aus den Sätteln, banden die Pferde an einem Busch fest und ließen sich auf einer Bank nieder.

„Wir müssen reden", sagte der Stadtbaurat. „Was ist aus deinen Nachforschungen geworden? Handelt es sich bei dem Dokument wirklich um das, was du vermutet hast? Wir müssen absolut sicher sein, sonst werde ich mich in die Sache nicht reinhängen. Ich riskiere dabei alles!"

„Ich habe mich viele Jahre mit derartigen Urkunden beschäftigt und bin mir hundertprozentig sicher, dass es sich bei dem bewussten Schriftstück um das Originaltestament von Petrini handelt. Das Datum ist der 13. Januar 1674. Die Urkunde enthält so konkrete Angaben, dass meines Erachtens kein Zweifel an ihrer Echtheit besteht."

„Wie kommt es, dass sie nicht schon lange entdeckt worden ist?" In der Stimme des anderen schwangen noch immer Zweifel mit.

„Das habe ich mich natürlich auch gefragt und kann es mir nur so erklären, dass das Testament von Anfang an verschollen war. Ausgegraben habe ich es in einem der zahlreichen Archive des Mainfränkischen Museums. Ich möchte nicht wissen, was es dort noch für verborgene Schätze gibt. All dieses Material aufzuarbeiten würde einen erheblichen Aufwand verursachen. Dem Museum fehlen ganz einfach Geld und Personal. Die Museumsleitung ist froh, wenn Hobbyforscher wie ich dort Studien betreiben. Jedenfalls enthält das Dokument konkrete Einzelheiten, die nur von dem Baumeister stammen können."

Er wechselte das Thema. „In diesem Zusammenhang: Wie weit sind deine Vorbereitungen bezüglich des Grundstücksverkaufs gediehen? Als wir das letzte Mal darüber sprachen, hast du gesagt, dass einige Stadträte Bedenken haben, dort ein Gebäude zu errichten. Du weißt, dass unsere Pläne mit der Errichtung des Hauses stehen und fallen."

Buschwächter machte eine wegwerfende Handbewegung. „Mittlerweile ist die Mehrheit davon überzeugt, dass wir das Projekt durchziehen sollten. Wenn die Bank noch ein paar Scheine drauflegt, wird es keine Probleme geben. Die meisten Herrschaften im Rat wollen, dass Kohle in die Kassen kommt.

Die paar ewigen Nörgler, die bei jedem Bauvorhaben befürchten, dass dadurch die Stadt dem Untergang geweiht ist, sind chancenlos in der Minderheit."

„... und deine Chefin?"

„Die frisst mir aus der Hand ... wie diese Stute hier." Er lachte. „Da gibt es bestimmt keine Probleme."

„Ich weiß nicht", gab der Banker zu bedenken. „Ganz so leicht, wie du das darstellst, ist sie nicht zu handhaben. Wie die Vergangenheit gezeigt hat, kann sie ziemlich starrsinnig sein, wenn sie sich etwas in den Kopf gesetzt hat."

„Wirklich, lass das meine Sorge sein. Ich werde das schon managen. Sieh du nur zu, dass der Preis stimmt."

„Vorstand und Aufsichtsrat meiner Bank sind sich darin einig, dass der Bauplatz dort für uns einfach optimal wäre. Von einer solchen Lage kann man nur träumen. Da greifen die Herrschaften dann auch mal gerne etwas tiefer in die Tasche. Meinst du, die Bürger nehmen es so einfach hin, dass wir ihnen in dieser zentralen Lage einen solchen Bau hinstellen wollen?"

Der andere lachte. „Die Bürger! Die Bürger! Die sind mir ziemlich egal. Die meckern heute und freuen sich morgen über die gleiche Sache. Man kann doch bei der Städtebaupolitik kein Wunschkonzert veranstalten. Lass den Bau erst mal stehen, dann gewöhnen sie sich schon dran. Vergiss du nur nicht, dass wir auch in der anderen Sache Partner sind. Es muss alles absolut diskret ablaufen. Wenn bekannt wird, was der eigentliche Grund für die ganze Baumaßnahme ist, kommen wir in Teufels Küche. Das ist dir ja wohl klar?"

„Ich hänge da mindestens ebenso mit drin wie du. Mach dir keine Sorgen, für Diskretion ist gesorgt und dafür, dass du deinen Anteil abbekommst, auch. Wichtig ist, dass die Männer, die du für gewisse spezielle Arbeiten organisierst, absolut zuverlässig sind."

Sein Gesprächspartner nickte. „Kein Sorge. Es sind nur drei und die bekommen eine ordentliche Summe Geld. Außerdem werden sie nur so viel erfahren, dass sie die erforderlichen Arbeiten diskret erledigen können. Worum es in Wahrheit geht, brauchen sie nicht zu wissen."

Der Banker war zufrieden und erhob sich. „Lass uns zurückreiten. Ich habe heute noch einen Termin und möchte nicht zu spät kommen."

Sie holten ihre Pferde und saßen auf. Wenig später galoppierten beide in vollem Tempo in Richtung Stadt.

Erich Rottmann stolperte über ein am Boden liegendes Kabel und wäre dabei fast gestürzt. Öchsle, sein vierbeiniger Begleiter, der ihn wie immer ohne Leine begleitete, rettete sich mit einem schnellen Sprung zur Seite. Unter einen stürzenden Erich Rottmann zu geraten, der das stolze Kampfgewicht eines gestandenen Mainfranken hatte, wäre mit dem Überrollen durch eine Dampfwalze zu vergleichen gewesen.

Rottmann seinerseits konnte sich gerade noch an der neben ihm gehenden Elvira Stark festhalten, wobei er ungewollt, aber ausgesprochen weich mit dem Gesicht zwischen ihren Brüsten landete.

Der pensionierte Kriminalkommissar und ehemalige Leiter der Würzburger Mordkommission hatte Elvira zufällig in der Domstraße vor dem Grafeneckart, dem Rathaus der Stadt, getroffen. Sie war aus einem Bäckerladen gekommen, in dem sie sich gerade eine Tasse Kaffee und ein Hörnchen gegönnt hatte. Da Erich Rottmann gerade auf dem Weg zur Traditionsweinstube *Maulaffenbäck* war, in dem der Stammtisch *Die Schoppenfetzer* beim Frühschoppen tagte, und Elvira sich, wie sie sagte, in einigen Schuhgeschäften umsehen wollte, hatten sie ein Stück Wegs über den Marktplatz gemeinsam.

Elvira erklärte Erich lang und breit, dass sie absolut keine Schuhe mehr zum Anziehen hatte und daher dringend Abhilfe schaffen musste.

Rottmann hatte nur genickt, ging aber auf dieses heikle

Thema nicht näher ein. Nach seinen Erfahrungen war das Verhältnis der weiblichen Bewohner dieses Planeten zu ihren Schuhen für Männer genauso wenig zu verstehen wie das Mysterium des Inhalts einer Frauenhandtasche. Beides verminte Gebiete! Höchst konfliktträchtig!

„Entschuldige bitte", brummelte er verlegen und sorgte, nachdem er sich wieder aufgerappelt hatte, hastig dafür, dass wieder ausreichend sittsamer Abstand zwischen ihm und seiner Jugendfreundin entstand. „Die lassen aber auch alles hier herumliegen." Er zupfte seine Lodenjoppe zurecht und überzeugte sich mit einem Handgriff in seine Jackentasche davon, dass seine Pfeife und die dazugehörenden Utensilien nicht herausgefallen waren.

„Um Gottes willen, Erich, du musst dich doch nicht entschuldigen!" Elvira schenkte ihrem Begleiter ein strahlendes Lächeln. Von ihr aus hätte dieser Moment der Nähe durchaus noch etwas länger dauern können.

Erich Rottmann verdankte diesen heiklen Augenblick den zahlreichen Arbeitertrupps, die schon seit Tagen dabei waren, auf dem Unteren und Oberen Markt die Holzlauben des Würzburger Weindorfs aufzubauen. In wenigen Tagen würde das Weinfest beginnen. Überall lag deshalb Baumaterial herum, war ein Gehämmere, Geschraube und Gebohre. Die Touristen, die vor dem historischen Falkenhaus versuchten, den Worten einer Fremdenführerin zu lauschen, hatten Mühe, deren Ausführungen zu folgen.

„Freust du dich nicht, dass es jetzt endlich losgeht?", wollte Elvira wissen und zeigte mit einer Geste über den Platz. „Das Wetter scheint auch zu passen. Das wird dieses Jahr sicher toll!" Sie sah ihren Begleiter mit einem schnellen Seitenblick an. „Ich hoffe natürlich schon, dass wir beide auch mal ein paar Schoppen zusammen trinken."

Rottmann hüstelte. In der Zwischenzeit hatten sie die Schönbornstraße erreicht. Bis zu Rottmanns Abbiegepunkt ‚Maulhardgasse' war es nicht mehr weit. Er wurde unruhig, denn Elvira machte noch keinerlei Anstalten, sich zu verabschieden. Wollte sie gar mit in den *Maulaffenbäck* gehen? Rottmann blickte hoffnungsvoll zur Schaufensterauslage eines Schuhgeschäfts auf der anderen Straßenseite. Aber Elvira dachte offenbar gar nicht mehr an ihren Schuhmangel.

„Wird schon irgendwie klappen", gab Rottmann zurück. „Wir müssen halt mal sehen, wie wir es terminlich einrichten können ..."

„Prima", sagte sie lächelnd, „dann rufe ich dich an und wir können etwas ausmachen. Ich würde auch für uns reservieren. Ich weiß doch, dass du ein vielbeschäftigter Mensch bist." Wieder lächelte sie.

Sie spielte mit ihrer Bemerkung auf die ungewöhnliche Tatsache an, dass Rottmann seit seiner Pensionierung ständig in irgendwelche Kriminalfälle verstrickt wurde. Selbstverständlich konnte nur er diese Fälle lösen. Dummerweise standen sie immer wieder ihren „persönlichen Momenten", die Elvira mühsam eingefädelt hatte, im Wege.

Dazu muss man wissen, dass sich Elvira Stark und Erich Rottmann schon als junge Menschen kannten ... und liebten. Erich aus Gramschatz und Elvira aus Rimpar hatten sich in ihrer Sturm-und-Drang-Zeit heftig ineinander verliebt und auf ihren Fahrrädern die Umgebung ihrer Heimatdörfer erkundet ... und nicht nur diese. Doch irgendwann hatten sie sich aus den Augen verloren. Rottmann war zur Polizei gegangen und hatte dort Karriere gemacht. Elvira ließ ihre Vergangenheit gerne etwas im Dunkeln.

Vor wenigen Jahren hatten sich die beiden dann durch einen Zufall wiedergetroffen, als einer dieser Kriminalfälle den pensionierten Kriminalbeamten Rottmann in den Grafeneckart, das Rathaus der Stadt, führte. Dort hatte Elvira eine Vertrauensstellung als Reinemachefrau auf der Chefetage.

Seitdem sorgte die stramme Fränkin dafür, dass ihr die ehemalige Jugendliebe nicht mehr abhandenkam. Sie hegte die Hoffnung, den mittlerweile notorischen Junggesellen Erich Rottmann erneut erobern zu können. Vergangenes Jahr war sie sogar in die Rosengasse, in seine unmittelbare Nähe, gezogen. Ein Geniestreich, der Erich Rottmann seitdem immer wieder veranlasste, ängstlich nachzusehen, ob auch noch alle Zinnen seiner Junggesellenburg intakt waren.

Elvira merkte natürlich, dass ihr Begleiter leicht unruhig wurde. Sie wusste, dass die Herren vom Stammtisch *Die Schoppenfetzer,* alles pensionierte Kriminologen und Juristen, weibliche Begleitung ihrer Mitglieder beim Schoppen eher zurückhaltend betrachteten. Sie beschloss, Rottmann endlich aus seiner Zwangslage zu befreien, und verabschiedete sich: „Also, Erich, ich will jetzt mal weiter. Ich rufe dich auf jeden Fall an, gell. Wünsche dir einen schönen Stammtisch!“ Sie beugte sich zu Öchsle herab und streichelte ihm über den Kopf, dann winkte sie und eilte davon.

Erich Rottmann atmete tief durch. Irgendwie hatte er immer das Gefühl, dass ihn diese Frau an der Nase herumführte. Er schüttelte den Kopf und schob den Gedanken beiseite. Der Eingang zur Metzgerei neben dem *Maulaffenbäck* kam in Sicht- und Geruchsweite. Für Herrn und Hund so etwas wie der Vorhimmel, wenn man den Stammtisch als himmlisches Vergnügen betrachtete. Rottmann versorgte sich reichlich mit den lebensnotwendigen Grundnahrungsmitteln, einer ordentlichen Portion Leberkäs und einer Laugenstange, dann praktizierte er schwungvoll wenige Meter weiter den unzählige Male geübten Einkehrschwenk.

„Hallo, Erich, komm setz dich her", begrüßte ihn Ron Schneider, wie Rottmann eines der Gründungsmitglieder des Stammtisches, mit einer einladenden Handbewegung, „wir haben dir deinen Platz freigehalten!"

Erich Rottmann winkte in die Runde. Obwohl gerade mal kurz vor elf Uhr, war der *Maulaffenbäck* schon voll und die Geräuschkulisse entsprechend hoch. Er schob sich auf seinen Stammplatz auf die Bank und legte sein Brotzeitpaket auf die Platte des runden Tisches. Sein Blick ging suchend durch den Gastraum. Er hielt Ausschau nach Anni, der Bedienung. Öchsle ließ sich währenddessen unter der Bank nieder.

Es dauerte nur einen kurzen Augenblick, dann kam die Gesuchte mit hochrotem Kopf aus dem Nebenzimmer geschossen. Rottmann winkte ihr zu. Sichtlich genervt winkte sie ab und hastete zum Tresen.

„Was ist denn heute mit der Anni los?", wandte sich Rottmann an seinen Tischnachbarn, den ehemaligen Leitenden Oberstaatsanwalt Dr. Horst Ritter, wie Rottmann Schoppenfetzer der ersten Stunde.

„Vorhin hat sich unangemeldet eine Touristengruppe ins Nebenzimmer reingequetscht. Jetzt ist die Anni am Rotieren. Sie haben aber schon jemanden angerufen, der kommt und aushilft."

„Ich denke, der Andrang im *Maulaffenbäck* wird deutlich nachlassen, wenn das Weindorf anfängt", warf Ron Schneider ein. „Der Wirt hat anklingen lassen, dass er dann vielleicht sogar ein paar Tage zumachen will."

Zwischenzeitlich hatte es Anni geschafft, Erich Rottmann wortlos einen Teller mit Besteck und seinen gewohnten trockenen Silvaner zukommen zu lassen, Rottmanns berühmtes „kleines Frankengedeck". Rottmann unterließ wohlweislich jede frotzelnde Bemerkung. Wenn Anni in dieser Stimmung war, glich sie einem Pulverfass mit Lunte, das der geringste Anlass zum Explodieren bringen konnte.

Während Rottmann sich den weihevollen Düften des frischen Leberkäses widmete, diskutierten die übrigen Stammtischmitglieder die Schoppenpreise auf dem Weindorf, die ihrer Meinung nach viel zu hoch waren. Das Thema war sehr emotionsgeladen, die Diskussion verlief aber noch in geordneten Bahnen – bis, ja, bis Horst Ritter eine Frage stellte, die er besser unterlassen hätte: „Was meint ihr, wie das wird, wenn wir im Schatten des *FORUMS* unsere Schoppen genießen müssen?"

Sekundenlang trat unter den Herren am Tisch Stille ein.

„Du redest doch nicht etwa von diesem sogenannten Petrinihaus?", gab Ron Schneider schließlich zurück.

Rottmann verschluckte sich beinahe, so schnell würgte er den Bissen, den er gerade im Mund hatte, hinunter. „Ist es nötig, dass du jetzt von dieser neuerlichen architektonischen Entgleisung, diesem Klotz am Unteren Markt, anfängst, während ich esse?" Er nahm einen kräftigen Schluck vom Silvaner, damit er wieder ungehindert sprechen konnte.

„Also, wenn ihr mich fragt, hat das Teil doch einen gewissen Charme. Erinnert mich irgendwie an eine Feldscheune, die man mit Steinriegeln anstatt mit Brettern verblendet hat", sagte Ritter. „Welche Stadt kann denn schon von sich sagen, dass sie mitten auf dem Marktplatz eine Scheune hat?"

„Ich denke, dass der Architekt eher an eine Justizvollzugsanstalt gedacht hat, als er das teure Stück entwarf. Vergittert mit steinernen Querriegeln …", wetterte Rottmann laut.

„… damit sich die Banker, die darin hausen müssen, schon mal daran gewöhnen können, wie es ist, wenn man gesiebte Luft atmen muss … falls mal der eine oder andere Schwarzgelder der lieben Kundschaft in Liechtenstein verspekuliert." Ron Schneider ließ sein meckerndes Lachen hören.

„Ihr müsst mal in der Nacht hingehen und dann eine Weile ganz still stehen bleiben, dann könnt ihr es hören.“ Horst Ritter sah die Schoppenfetzer mit todernster Miene an.

„Was denn?“, bohrte Rottmann nach, als Ritter keine Anstalten machte weiterzusprechen.

„Na, das rotierende Geräusch, wenn der alte Petrini mit hundert Sachen in seinem Grab herumwirbelt.“ Er grinste.

Die Herren am Stammtisch waren alle keine Bewunderer der neuesten städtebaulichen Errungenschaft Würzburgs, die sich ihrer Meinung nach konsequent und harmonisch in die Reihe der übrigen Bausünden der vergangenen Jahre eingliederte.

Es dauerte eine Weile, bis sich die Gemüter ob dieses Reizthemas wieder beruhigt hatten. Die braven Schoppenfetzer befanden sich mit ihrer Meinung auf einer Wellenlänge mit zahlreichen Bürgern der Stadt, denen dieser Petriniklotz, wie ihn Rottmann sehr schmeichelnd nannte, ebenfalls ein Dorn im Auge war.

Schließlich glitt das Gespräch nach einiger Zeit wieder in thematisch ruhigeres Fahrwasser und der ordentliche Schoppen im *Maulaffenbäck* tat ein Übriges, um den schalen Geschmack im Mund der Stammtischbrüder zu vertreiben. Als sich die Runde kurz vor Mitternacht auflöste, hatte man sich für den nächsten Tag, den Tag der Eröffnung des Weindorfes, fest verabredet – ein Höhepunkt im Jahreslauf dieser Stadt und seiner weinbegeisterten Bürger, den sich die Stammtischfreunde aus dem *Maulaffenbäck* keinesfalls entgehen lassen würden. Dabei konnte keiner der Schoppenfetzer ahnen, unter welch dunklem Stern das diesjährige Weindorf stehen sollte.

Wie immer hatten sich die Mitglieder des Stammtisches am ersten Tag des Weindorfes in der Weinlaube *Zum Weinträdler* verabredet. Dort pflegten sie die Festtage zu eröffnen, um dann irgendwann aufzubrechen und einen Rundschoppen, wie sie es nannten, durch möglichst viele Weinhütten zu beginnen. Zwischendurch stärkten sie sich mit den zahlreichen kulinarischen Spezialitäten, die hier auf den hungrigen Weingenießer warteten und jeden Geschmack zufriedenstellten.

Es war ein langer Tag gewesen und es hatte mehrerer Absichtserklärungen bedurft, ehe sich die Schoppenfetzer dann doch voneinander verabschiedeten und ein jeder, angereichert mit bestem Rebensaft, seinen heimischen Gefilden zustrebte.

„Össle, Össle, mach … mach mal lamsam … Ich muss jesst erst mal kurz Funken slagen …" Erich Rottmann stand am Unteren Markt und versuchte mit nicht mehr ganz zielsicherer Flamme seine Pfeife zu entzünden. Irgendwie war der Pfeifenkopf heute deutlich kleiner als sonst und nur schwer zu treffen. „Stehen" war allerdings für die Körperhaltung des Schoppenfetzers nicht ganz die richtige Bezeichnung. Der ehemalige Leiter der Mordkommission lehnte sich sicherheitshalber gegen den Obelisken des Marktbrunnens, der ihm eine gewisse „Standfestigkeit" verlieh. Entsprechend der Tradition der Schoppenfetzer hatte sich Erich Rottmann am ersten Tag des Weindorfes nicht geschont und war bis an die Grenzen seiner bemerkenswerten Trinkfestigkeit gegangen.

Öchsle sah sein Herrchen mit schief gelegtem Kopf verständnisvoll an, dann setzte er sich geduldig neben ihn. Wenn sein Mensch so sprach und roch, würde es etwas dauern, bis sie die heimische Rosengasse erreichten.

Als die Bruyère endlich zufriedenstellend dampfte, stieß sich Rottmann von dem Brunnen ab und nahm leicht schwankend Fahrt in Richtung Langgasse auf. Dabei übersah er die Stufe, die vom Podest des Obelisken auf den Marktplatz zu überwinden war. Die Folge war, dass Rottmann mit Schwung einige Meter nach vorne sauste und Öchsle sich nur mit einem Seitensprung vor einer Kollision retten konnte. Mit einem lauten Kracher landete Rottmanns Allerwertester auf einer der verlassenen Bänke der nächsten Weinhütte.

Es ist ja keine neue Erkenntnis, dass gewisse Zustände das Kind im Mann zum Vorschein bringen. Erich Rottmann bildete da keine Ausnahme. Kichernd blieb der Exkommissar einen Moment sitzen. Öchsle, der ihm besorgt nachgelaufen war und nun den Kopf auf das Knie seines Herrn legte, erklärte er: „Siehste, Össle ... alles reine Körperbeherrsung! Alles reine Körperbeherrsung!" Wobei er mit seinem Pfeifenstil dozierend in der Luft herumwedelte. Für einen objektiven fränkischen Beobachter wäre klar gewesen, dass Rottmann dem Verlust der Muttersprache sehr nahe war.

Plötzlich sprang der Rüde auf, stellte die Knickohren auf und lauschte in Richtung Petrinihaus. Aus seiner Kehle löste sich ein verhaltenes Knurren.

„Jest sei doch nich gleich sauer", nuschelte Rottmann, „ich komm ja son." Mit einem Ruck stemmte er sich von der Bank hoch. Doch Öchsle konzentrierte sich auf etwas anderes. Ein verdächtiges Geräusch hatte seinen Schutztrieb geweckt. Er stieß ein halblautes Bellen aus.

Jetzt wurde der ehemalige Kommissar trotz seiner Weinseligkeit stutzig. Er steckte die Pfeife in den Mund und versuchte seinerseits zu ergründen, was seinen Hund so nervös machte. Langsam bewegte er sich durch die linke Dorfgasse in Richtung Rathaus, wobei er die leeren Bänke in den verschiedenen Weinlauben musterte. Er war noch keinen Steinwurf weit gegangen, als er rechts von sich, in der parallelen Dorfgasse, eine huschende Bewegung wahrnahm. Öchsles Knurren steigerte sich und bekam einen höchst gefährlichen Unterton.

„Is ja gut, mein Kleiner", brummelte Rottmann, der durch das plötzlich ausgeschüttete Adrenalin eine gewisse Ernüchterung erfahren hatte. Sein Polizisteninstinkt sagte ihm, dass hier etwas vorging, was das Tageslicht scheute. Womöglich irgendwelche weinfestfeindlichen Vandalen, die hier ihr zerstörerisches Werk vollbringen wollten?

Rottmann eilte durch die Bankreihen der nächsten Weinhütte, um die andere Dorfstraße einsehen zu können. Dass er sich dabei an der Kante einer Bank das Knie anschlug, löste bei ihm zwar einen Fluch aus, brachte ihn aber nicht von seinem Vorhaben ab. Öchsle hielt sich dicht an seinen Menschen und war bereit, falls nötig, sofort helfend einzugreifen.

Wahrscheinlich wäre der Exkommissar in nüchternem Zustand erheblich schneller gewesen. So konnte er, nachdem er die andere Gasse erreicht hatte, nur noch drei oder vier Gestalten erkennen, die sehr eilig in Richtung Oberer Markt davonhasteten. Rottmann kniff die Augen zusammen. Es schien so, als würde eine der Personen eine weiße Kopfbedeckung tragen, die in der Nacht auffällig leuchtete.

„Verdammt!", knurrte Rottmann und zog ärgerlich an seiner Pfeife. Diese hatte aber zwischenzeitlich ihre Glut eingestellt und Rottmann musste nachfeuern. „Nichts zu machen, Öchsle", stellte er fest, nachdem er den Tabak nachgestopft hatte, „sehen wir zu, dass wir endlich heimkommen."

Rottmann nahm seine ursprüngliche Route wieder auf und tappte in Richtung Langgasse weiter. Im Vorübergehen warf er dem dunklen Klotz des Petrinibaues einen verächtlichen Blick zu. Plötzlich blieb er mit einem Ruck stehen und legte den Kopf in den Nacken, um besser sehen zu können. „Da fress einer einen Besen!", stieß er hervor.

An der Fassade des Gebäudes hing ein riesiges weißes Transparent, das fast ein Viertel der gesamten Fläche einnahm. Rottmann kniff die Augen zusammen und las den Text:

Bürger von Würzburg!

Schützt eure Stadt vor dem architektonischen Niedergang! Schluss mit dem baulichen Ausverkauf unserer geliebten Stadt!

Die Wilden Alten

Der Exkommissar stieß ein sattes Lachen aus. „Ein wahres Wort", rief er und winkte grüßend zum Transparent empor. „Endschlich mal einer mit Mumm!" Von diesen Wilden Alten hatte er einmal in der Main-Postille gelesen. Schöpf-Kelle, der rasende Reporter des örtlichen Blattes, hatte damals eine Gruppe älterer Stadträte, die während einer Stadtratssitzung gegen einen Beschluss massiv auf die Barrikaden gegangen waren, so bezeichnet. Damals hatte man am Stammtisch darüber herzhaft gelacht. Jetzt sah er die huschenden Gestalten von gerade eben in einem anderen Licht. Zufrieden vor sich hin nickend lief Erich Rottmann weiter. Da würden morgen früh wahrscheinlich einige Menschen in der Stadt schlagartig schlechte Laune bekommen. Bei dieser Vorstellung begann er wieder zu kichern.

Nur wenige Meter weiter, kurz vor der Ecke des Gebäudes, blieb Öchsle plötzlich so abrupt stehen, dass Erich Rottmann, dessen Reflexe aus nachvollziehbaren Gründen nicht ganz auf ihrem optimalen Level waren, fast über ihn gestolpert wäre.

„Was …?“ Er wollte schon lospoltern, als der Rüde erneut erregt zu knurren begann. Rottmann schüttelte den Kopf. Was war denn nur heute Nacht in dieser Stadt los?

Dann bemerkte er die dunkle Gestalt, die regungslos vor einer der letzten Weinlauben mitten auf der Dorfgasse zu Füßen des Petrinihauses lag. Langsam bewegte sich der pensionierte Polizist auf den verkrümmt daliegenden Menschen zu. Sein Instinkt sagte ihm, dass es sich nicht um eine übrig gebliebene „Weinleiche“ handelte, die hier lediglich ihren Rausch ausschlief. Erich Rottmann hatte in seinem Berufsleben viele Leichen gesehen und wusste, wann er es mit einem Toten zu tun hatte. Aus der Nähe konnte er erkennen, dass es sich um einen Mann handelte. Er trug die schwarze Uniform des Sicherheitsdienstes, der in der Nacht das Weindorf bewachte.

Öchsle blieb immer wieder stehen und prüfte die nächtliche Brise. Auch für seine empfindliche Nase war längst klar, dass mit der Gestalt am Boden etwas nicht stimmte.

Der Mann lag auf dem Bauch, das Gesicht zur Seite gedreht. Seine starr blickenden Augen waren auf die Blutlache gerichtet, die sich kreisförmig um sein Gesicht ausgebreitet hatte. Rottmann war zu sehr Profi, um die Lage des Mannes zu verändern. Er kniete jedoch nieder und legte vorsichtig Zeige- und Mittelfinger an die Halsschlagader des Liegenden. Rottmann wollte sichergehen. Wie erwartet, konnte er keinen Herzschlag feststellen. Die Haut des Mannes war noch warm, der Tod konnte also noch nicht lange eingetreten sein.

Schwerfällig erhob er sich und kramte in seinen Taschen nach dem Mobiltelefon. Dies war eindeutig ein Fall für die

Mordkommission. Erich Rottmann wählte kurzerhand die Privattelefonnummer von Florian Deichler, seinem engsten Mitarbeiter, als Rottmann noch Chef des Morddezernats war.

Es dauerte einige Zeit, ehe abgehoben wurde.

„Jaaah…“, kam es verschlafen aus dem Hörer. Es war unschwer zu erkennen, dass Rottmann den Kriminalbeamten mitten aus dem tiefsten Schlaf gerissen hatte.

Rottmann zuckte mit den Schultern, das war nun mal Berufsrisiko, dann meldete er sich und berichtete Deichler knapp von dem Leichenfund.

Der Kriminalbeamte fasste sich schnell. „Mann, Erich, ständig stolperst du über irgendwelche Leichen“, brummelte er verschlafen, dann ergänzte er: „Fass am Tatort nichts an, ich trommle die Kollegen zusammen. Bleib dort, bis wir eintreffen. Ich benötige eine Aussage von dir.“

Rottmann wollte schon lospoltern, weil Deichler ihm als alten Profi derartige Belehrungen erteilte. Schließlich hatte der Bursche als beruflicher Grünschnabel alles von ihm gelernt. Aber er sagte nichts. Erstens konnte er die momentane Gemütslage Deichlers gut nachempfinden – oft genug hatte auch er sich in einer solchen Situation befunden, und zweitens war für derartige Diskussionen jetzt weder die passende Zeit noch der richtige Ort.

„Alles klar“, gab Rottmann kurz zurück, dann unterbrach er die Verbindung. Der Exkommissar suchte sich einen Sitzplatz vor einer der Weinlauben und brachte seine Pfeife wieder in Gang. Öchsle schnüffelte währenddessen interessiert vor dem Eingang der Weinhütte am Boden herum. Rottmann schenkte ihm aber keine Beachtung. Jetzt, wo die Anspannung nachließ, spürte er bleierne Müdigkeit. Es war ein anstrengender Tag gewesen, der, so wie es aussah, leider noch lange nicht zu Ende war. Sein Kopf wurde schwer und er bettete ihn auf seinen

Unterarm, der auf dem Tisch ruhte. Wenn er überlegte, hatte Deichler schon Recht: Ständig pflasterten Leichen seinen Weg. Er konnte sich schon lebhaft die Schlagzeilen vorstellen, wenn morgen die Presse von dem Toten Kenntnis bekam. Das war wahrhaftig kein gutes Omen für ein Fest, das eigentlich den Gaumengenüssen und der Lebensfreude gewidmet war. Kurz darauf war Rottmann eingeschlafen.

„Das haben wir gerne!“, riss ihn die Stimme von Florian Deichler aus dem Schlaf. „Zuerst die ganze Mordkommission rebellisch machen und dann selbst einpennen!“

Rottmann riss erschrocken seinen Kopf in die Höhe und musterte orientierungslos seine Umgebung. Die Erinnerung kam schlagartig wieder. „Dass ihr auch schon da seid!“, knurrte er, dann erhob er sich mühsam. Sein Arm war eingeschlafen und erwachte nun mit heftigem Prickeln wieder zum Leben. Der üble Geschmack im Mund war unbeschreiblich. Rottmann verzog das Gesicht und krächzte: „Habt ihr den Toten schon gefunden?“

„War ja nicht zu übersehen“, gab Deichler zurück und wies mit der Hand hinüber zu den Männern der Spurensicherung, die sich bereits im Licht eines aufgestellten Scheinwerfers an die Arbeit gemacht hatten.

Rottmann erkannte den Rechtsmediziner, der gerade den Toten untersuchte. Öchsle stand wachsam neben seinem Herrchen und beobachtete die Aktivitäten auf dem Platz.

„Komm, setz dich noch einmal hin“, forderte Deichler seinen ehemaligen Chef auf und ließ sich selbst auf der gegenüberstehenden Bank nieder. „Lass mal hören, was du zu berichten hast. Mich würde auch interessieren, was es mit diesem Transparent auf sich hat.“ Er wies zur Fassade des Petrinihauses hinauf. „Als ich heute das Weindorf besucht habe, hing es jedenfalls noch nicht da.“

Rottmann hatte das Transparent völlig vergessen. Er warf einen Blick hinauf, dann nickte er. „Stimmt! Ich habe da zufällig ein paar Beobachtungen gemacht, die darauf hindeuten, dass der Tote und das Transparent in einem Zusammenhang stehen könnten." Er sammelte kurz seine Gedanken, dann schilderte er seinem ehemaligen Mitarbeiter die Ereignisse dieser Nacht. Als er die weglaufenden Gestalten erwähnte, hob Deichler die Augenbrauen.

„Hast du irgendwelche Einzelheiten erkennen können? Konntest du wenigstens sehen, um wie viele Personen es sich handelte?"

Rottmann zuckte mit den Schultern. „Ich bin zwar rüber zur anderen Dorfstraße gelaufen, konnte aber nichts Genaues erkennen", gab Rottmann zurück, der wieder erstaunlich nüchtern war. „Ich denke, es waren drei oder vier Personen. Vermutlich männlich, aber auch das kann ich nicht beschwören. Außerdem hatte ich den Eindruck, dass einer von denen eine weiße Kappe oder so etwas Ähnliches auf dem Kopf trug."

„Das gibt nicht viel her", gab Deichler zurück.

„Weiß ich auch", brummte der Exkommissar. „Aber bei dem diffusen Licht …"

„… und mit einer gehörigen Anzahl Schoppen im Bauch", ergänzte Deichler leicht grinsend den Satz.

„Ist sicher richtig", gab Rottmann zurück. „Aber am Eröffnungsabend des Weindorfes darf man ja mal etwas tiefer ins Glas schauen. Man rechnet ja auch nicht damit, dass die Mordkommission einen in der Nacht noch als Zeugen benötigt."

In diesem Augenblick kam der Rechtsmediziner herüber und nickte knapp.

„Gibt es irgendwelche verwertbaren Erkenntnisse?", fragte Deichler.

„Im Augenblick kann ich noch nicht viel sagen. Lange liegt

er jedenfalls noch nicht, eine gute Stunde würde ich sagen. Das Blut stammt von einer Kopfverletzung. Sie kann von einem Schlag oder aber auch von dem Sturz auf den Boden gekommen sein. Sonstige Verletzungen konnte ich noch nicht feststellen. Näheres nach der Obduktion."

Deichler nickte und der Arzt entfernte sich wieder. Gerade fuhr der Leichenwagen auf den Platz, der den Toten zum Institut für Rechtsmedizin fahren würde.

Rottmann gähnte verhalten. „Wie sieht es aus, kann ich jetzt gehen? Ich bin wirklich müde. Wenn du eine schriftliche Aussage von mir benötigst, komme ich halt in den nächsten Tagen zu dir ins Büro."

Deichler nickte. „Schlaf gut. Und tu mir einen Gefallen: Sieh zu, dass du auf dem Heimweg nicht über noch eine Leiche stolperst."

Rottmann brummelte etwas Unverständliches in seinen Bart, dann winkte er knapp und marschierte in Richtung Grafeneckart davon. Öchsle folgte ihm auf dem Fuß.

Als die Sekretärin der BR Bürger- und Reibeisenbank Würzburg am nächsten Morgen voller Stolz ihr neues Arbeitsdomizil im Petrinihaus am Unteren Markt betreten wollte, fiel ihr fast die Tasche aus der Hand. Rings um das neue Gebäude hatte sich eine große Menschentraube versammelt. Die Leute kommentierten mit erheblicher Lautstärke das Transparent, das einen großen Teil der Vorderfront des Hauses bedeckte. Dazwischen flitzten einige Reporter herum und sogar der Bayerische Rundfunk, Abteilung Fernsehen, war schon mit einem Team vor Ort, machte Aufnahmen und interviewte die Menschen. Selbstverständlich war auch der Würzburger Starreporter Christian

Schöpf-Kelle dabei. Das würde in der morgigen Ausgabe der Main-Postille einen knalligen Artikel geben.

„Das ist ja der völlige Wahnsinn!“, stöhnte die Frau und riss sich aus ihrer Erstarrung. Sie musste sofort ihren Chef verständigen! Hastig drängte sie sich durch die Menge und verschwand im Haus.

Es dauerte nur zwanzig Minuten, dann erschien Direktor Hünnerklein im Büro.

„Wir hatten schon zehn Anrufe von der Presse und auch einige aus dem Rathaus. Die Anrufer wollten wissen, was es mit dem Transparent auf sich hat. Ich habe ihnen gesagt, dass Sie bald hier sein würden.“

Der Banker sah seine Mitarbeiterin mit gerunzelter Stirn an. „Wenn ich die Kerle erwische, die mir das angetan haben, dann ...“ Den Rest ließ er offen.

Er stürmte in sein angrenzendes Büro und griff zum Telefonhörer. Zuerst einmal musste dieser Schandfleck vom Haus entfernt werden.

Der Parkplatz des Freibades war bis auf wenige freie Plätze belegt. Jetzt, am späten Nachmittag, war ein ständiges Kommen und Gehen. Familien mit Kindern machten sich auf den Heimweg und die Berufstätigen, die nach Feierabend noch ein paar Runden schwimmen wollten, kamen. Niemand schenkte daher den beiden Autos, die in kurzem Abstand eintrafen, Beachtung. Der Fahrer des einen Pkw stieg aus und schlenderte zu dem anderen Wagen. Nachdem er sich mit einem kurzen Blick davon überzeugt hatte, dass er nicht beobachtet wurde, öffnete er die Beifahrertür und ließ sich auf den Sitz gleiten.

Der Mann hinter dem Steuer warf dem Neuankömmling

einen zornigen Blick zu. Ohne ein Wort der Begrüßung kam er zur Sache. „Wer von euch Idioten hat uns denn diesen Mist eingehandelt? Hatten wir nicht ausgemacht, dass das alles diskret und ohne Aufsehen ablaufen sollte? Jetzt haben wir eine Leiche und damit die volle Aufmerksamkeit der Presse und der Öffentlichkeit." Seine Faust knallte wütend gegen das Lenkrad.

„Tut mir leid, Chef", gab der Mann auf dem Beifahrersitz kleinlaut zurück, „es ging alles so schnell. Plötzlich stand der Typ vor uns und dann lag er auch schon da. Es war bestimmt keine Absicht …"

„Keine Absicht! Keine Absicht! Das nützt mir gar nichts! Habt ihr wenigstens gefunden, weswegen ich euch beauftragt habe?"

Der Mann wurde noch ein Stück kleiner in seinem Sitz, als er langsam den Kopf schüttelte. „Wir sind wie verabredet reingegangen. Das klappte auch wie geplant. Dann lief jedoch alles schief. Wir hatten erst ein paar Meter zurückgelegt, als die Holzstempel, die wir zur Abstützung eingesetzt hatten, zu knacken begannen. Ehe wir wussten, was los ist, gab plötzlich die Decke nach. Zuerst fielen nur einige Brocken herunter, dann stürzte das ganze Erdreich ein. Wir sind nur noch gelaufen. Es war wirklich verdammt knapp, das können Sie mir glauben. Hinter uns ist vermutlich der ganze Gang zusammengestürzt. Wir waren heilfroh, dass wir noch herausgekommen sind. Durch den Schrecken waren wir völlig panisch und konfus. Dann stand auf dem Platz plötzlich der Wachmann vor uns. Er hat gesehen, von wo wir kamen. Aber das war uns in diesem Augenblick ziemlich egal. Wir wollten nur noch weg! Dabei muss es dann passiert sein. Er verstellte uns den Weg und hat irgendetwas gerufen. Es bestand keine Möglichkeit auszuweichen. Wir haben ihn regelrecht über den Haufen gerannt. Ich konnte sehen, dass er fiel. Vielleicht hat er sich dabei den

Kopf gestoßen. Aber wir haben ihn mit Sicherheit nicht absichtlich verletzt … und schon gar nicht umgebracht!“

„Ihr seid solche Vollidioten!“, fauchte der Mann hinter dem Lenkrad. „Ihr habt die ganze Geschichte gründlich vermasselt. Es ist euch ja wohl klar, dass ihr für solchen Mist keinen Cent seht!“ Seine Wangenmuskulatur trat hervor.

„Aber Chef, wir haben doch alles gemacht, was Sie von uns verlangt haben.“ Der Mann rutschte nervös auf dem Sitz herum. „Wie soll ich das denn meinen Kumpels erklären?“

„Das ist mir scheißegal“, fauchte der andere zurück. „Ich muss jetzt erst mal zusehen, was ich noch retten kann. Ihr haltet gefälligst die Klappe. Wenn die Bullen herausfinden, dass ihr am Tod des Wachmanns schuld seid, stecken sie euch in den Knast und werfen den Schlüssel weg.“ Er machte eine kurze Pause, dann fügte er hinzu: „… und kommt nicht auf die Idee, mich da mit reinzuziehen. Ich habe für die Zeit ein hieb- und stichfestes Alibi.“ Er machte ein Zeichen in Richtung Tür. „Los, raus jetzt! Sollte ich noch einmal einen von euch Versagern benötigen, lass ich von mir hören.“

Der Mann auf dem Beifahrersitz öffnete wortlos die Autotür und stieg aus. Die Wagentür war kaum ins Schloss gefallen, als Stadtbaurat Buschwächter den Motor startete und das Fahrzeug aus der Parklücke lenkte. Der andere sah dem Pkw hinterher. Er kochte vor Wut.

Vladimir Müller, Bauhilfsarbeiter, Mitte vierzig, groß, muskulös, einschlägig vorbestraft wegen schwerer Körperverletzung und anderer Delikte, war vor längerer Zeit von Buschwächter, der ihn in einer Kneipe kennengelernt hatte, angesprochen worden. Er hatte ihn gefragt, ob er nicht im Rahmen des Baus des Petrinihauses einige Dinge für ihn erledigen könne. Buschwächter hatte ihm und seinen Helfern für ihren Einsatz eine ordentliche Summe versprochen. Und jetzt sollten sie leer ausgehen? Das würde er nicht schlucken! Er steckte die zur Faust geballte Hand in seine Hosentasche. Jetzt musste er erst einmal mit seinen Kumpels sprechen. Hoffentlich rasteten die nicht aus. Sie würden schon irgendwie an ihr Geld kommen.

Buschwächter starrte grimmig auf die Fahrbahn. Jetzt blieb ihm nichts anderes übrig, als sich höchstpersönlich der Sache anzunehmen. Ein Umstand, den er eigentlich hatte vermeiden wollen. Auf jeden Fall musste er höllisch aufpassen, dass nicht die Presse von seinen Plänen Wind bekam.

Am Tage nach der Eröffnung des Weindorfes traf sich im *Hockerle,* einer weinhistorischen Institution der Mainfrankenmetropole, eine Gruppe honoriger Bürger.

Das *Hockerle* ist in der Stadt ein Weinausschank besonderer Art und auch die Gäste gehören zu einer ganz speziellen Sorte Weingenießer. Das *Hockerle* gehört zum Bürgerspital, einem der drei großen Weingüter Würzburgs. Es liegt unauffällig unter den Arkaden des zum Weingut gehörenden Altenstifts und bietet Schoppenfreunden einen guten Trinkwein. Dies alles auf kleinstem Raum, in dem man rundherum auf grünen Bänken wie in einem kleinen Warteraum sitzt. Wer hierherkommt, bekommt von Rainer Schlauer, dem Herrscher über dieses kleine Reich, seinen Wein garniert mit flotten Sprüchen kredenzt. Dann sitzt oder steht man zusammen, egal ob fremd oder bekannt, alt oder jung, dick oder dünn, klopft Sprüche, schimpft auf die Politik oder schweigt sich einfach nur aus. Hier wird jeder toleriert.

Die eingangs erwähnte Gruppe hatte sich, soweit das im *Hockerle* überhaupt möglich war, in einer Ecke zusammengesetzt und bildete eine Art Wall, der verhinderte, dass sich noch andere Gäste zu nahe dazugesellten. Der Rainer warf immer wieder mal neugierige Blicke in die Ecke. Es war schon ungewöhnlich, dass sich diese stadtbekannten Personen hier trafen und auf geheimnisvolle Weise die Köpfe zusammensteckten. Da hätte der Rainer mal gerne für zehn Minuten Mäuschen gespielt, um zu hören, was dort getuschelt wurde. Nach den Mienen und Gesten der Personen zu schließen, handelte es sich um ein höchst ernstes Thema.

„Habt ihr in der Main-Postille gelesen, was der Schöpf-Kelle wieder von sich gegeben hat? Das ist ein schöner Schlamassel! Dieser Schreiberling bringt uns doch glatt mit diesem mysteriösen Leichenfund am Unteren Markt in Verbindung!" Der Sprecher, ein hochgewachsener Mann mit schlohweißem Haar, hielt die neueste Ausgabe der Main-Postille in der Hand und wies mit dem Finger auf die Titelseite, auf der in großen Lettern über den Leichenfund am Unteren Markt berichtet wurde. Schöpf-Kelle hatte sich ausgiebig über den merkwürdigen Tod eines Mitarbeiters des für die nächtliche Bewachung des Weindorfes zuständigen Sicherheitsdienstes ausgelassen und dabei die Vermutung geäußert, dass dieser Leichenfund mit den Verursachern der Aufsehen erregenden Transparentaktion am Petrinihaus im Zusammenhang stehen könnte. Er hatte die Theorie aufgestellt, dass der tote Wachmann die Wilden Alten bei ihrer Aktion womöglich gestört hatte und dabei getötet wurde.

Der zweite, deutlich ältere Mann in der Runde winkte ab. „Herrschaften, wir sollten uns nicht verrückt machen lassen. Er stellt nur Fragen. Antworten hat er keine. Diese Aktion zu starten war völlig richtig! Sie hat das Thema vehement in die Medien gebracht! Das war doch unsere Absicht. Das mit dem Toten ist zwar höchst bedauerlich, aber wir wissen ja, dass wir nichts damit zu tun haben. Im Ernstfall können wir uns doch gegenseitig Alibis geben."

Der dritte, einzig jüngere Mann in der Runde, der durch eine ausgeprägte Solariumbräune auffiel, strich sich die grau melierte Künstlermähne aus der Stirn. „Wir sollten nicht lange fackeln, zur Polizei gehen und uns stellen. Wir machen unsere Aussage, dann haben wir unsere Ruhe."

„… und morgen stehen wir alle namentlich in der Zeitung“, warf die einzige Frau in der Runde mit ernster Miene ein. „Das gäbe einen ordentlichen Skandal! Wenn die Aktion solche Kreise zieht, werde ich aussteigen.“

Der vierte Mann in der Gruppe, ebenfalls der Altersklasse 60plus zuzurechnen, hatte sich bis jetzt zurückgehalten. Jetzt fuhr er sich mit einer eleganten Geste durch die kolorierten Haare und meinte mit tragender Stimme: „Die Dramaturgie eines solchen Stückes auf die Bühne gebracht, hätte wirklich einiges für sich. Wir könnten das Interesse der Bevölkerung nutzen und unsere Botschaft verstärkt verkünden. Auch eine Verhaftung böte eine Möglichkeit, auf unser Anliegen aufmerksam zu machen. Ich hätte jedenfalls kein Problem damit, für meine Überzeugung hinter Gitter zu gehen!“ Der mit einer gewissen Dramatik vorgetragene Schlusssatz ließ Rückschlüsse auf seinen ehemals künstlerischen Beruf zu.

Der Weißhaarige winkte ab. „Quatsch! Wir sind doch keine Märtyrer! Wir haben uns überparteilich zusammengefunden, um durch die Aktion und die Pressereaktion darauf den Stadtrat zu veranlassen, künftig seine Baupolitik massiv zu überdenken. Wenn es sein muss, durch weitere Aktivitäten unsererseits. Wir sollten ganz einfach die weitere Entwicklung abwarten. Wahrscheinlich findet die Polizei sehr schnell den wirklichen Täter.“

„Ich sag es noch einmal: Wir sollten von uns aus zur Polizei gehen und eine Aussage machen. Angriff ist hier die beste Verteidigung. Ich kenne mich da aus.“ Der Jüngste in der Runde beharrte auf seiner Meinung. Die Diskussion ging noch einige Zeit hin und her. Letztendlich pflichteten ihm die anderen bei. Wenig später gingen die „Wilden Alten“ der Stadt Würzburg auseinander. Es handelte sich um die Stadträte Uwe Golgatha, Wunibald Fettschräuble, Schorsch Nabenschlager, Ringo Zünder und Mathilde Schlossisweg.

Die Nacht war mondlos, trotzdem waren die Straßen der Mainmetropole hell erleuchtet. Die Straßenbahnschienen zogen sich wie metallisch glänzende Schlangen durch die Straßen der Domstadt. Es war zwischen drei und vier Uhr morgens und nur noch wenige Nachtschwärmer waren unterwegs.

Der unscheinbare schwarze Kleinwagen fuhr in die Karmelitenstraße ein, die Person hinter dem Steuer suchte einen Parkplatz. Da auch nachts Stellplätze in der Stadtmitte nur schwer zu bekommen waren, lenkte sie den Wagen in die Tiefgarage. Das Motorengeräusch erstarb. Die Person nahm die Baseballmütze vom Kopf. Jetzt war zu sehen, dass es sich um eine Frau handelte. Sie öffnete die Wagentür und stieg aus. Weit und breit war kein Mensch zu sehen. Ein leichter Schauer lief ihr über den Rücken. Sie war keineswegs ängstlich, aber hier in der Düsternis der Tiefgarage fühlte sie sich ausgesprochen unwohl.

Sie nahm einen Klappspaten aus dem Wagen, den sie sich an einem Riemen über die Schulter hängte. Dann ergänzte sie ihre Ausrüstung noch durch einen Rucksack, den sie sich auf den Rücken warf. Bei dieser Bewegung entstand ein metallisches Klirren. Die Konturen ihrer schlanken, sportlichen Figur verschwanden völlig in dem weit geschnittenen Blaumann, aus dessen Seitentasche eine starke Taschenlampe herausschaute.

Prüfend griff sie in die rechte Hosentasche. Es ertönte ein leises Klimpern. Zufrieden nickte sie: Die Schlüssel waren da. In der linken Tasche steckten ein paar Arbeitshandschuhe.

Die Frau drückte auf die Fernbedienung und verschloss die Autotüren. Entschlossen marschierte sie in Richtung Ausgang.

Wenig später schloss sie mit einem Generalschlüssel die Tür zum Grafeneckart auf und betrat das Rathaus. Sie vermied es, einen der Lichtschalter zu betätigen. Das Flurlicht wäre durch die Fenster auf der Domstraße zu sehen gewesen. Stattdessen zog sie die Taschenlampe heraus und schaltete das Sparlicht ein. Der Lichtschein war ausreichend, um ihren Weg zu beleuchten.

Dem Aufzug schenkte sie keinen Blick. Es war ihr bekannt, dass die Liftanlage nach Dienstschluss ausgeschaltet wurde, um zu verhindern, dass Personen, die sich noch spät im Hause aufhielten, im Aufzug eingesperrt wurden.

Die Tür, die in das Kellergeschoss des Rathauses führte, war abgeschlossen, aber der Generalschlüssel passte. Wenig später stieg sie die enge Steintreppe hinunter. Das Gefühl von Beklemmung und Anspannung, das sie beherrschte, wurde mit jeder Stufe in die Tiefe stärker. Gesteigert wurde diese Empfindung noch durch den dumpfen, feuchten Geruch, der sich schwer auf ihre Lunge legte.

Als sie den Kellergang erreicht hatte, leuchtete sie mit der Lampe nach links. Der Lichtstrahl bohrte sich in einen dunklen Schlund. Schon nach wenigen Metern wurde die Helligkeit der Lampe von der Schwärze des Ganges regelrecht aufgesaugt.

Energisch lenkte sie ihre Schritte in den linken Kellerflügel. In Abständen waren Türen zu erkennen. Der Strahl der Taschenlampe huschte über die Türschilder, deren Beschriftung etwas über die Funktion des dahinterliegenden Kellerraumes aussagte. Wenige Schritte weiter erreichte sie einen Lagerraum.

Fast genau zur gleichen Zeit näherten sich, von der Schustergasse kommend, zwei Männer dem Unteren Markt. Während der eine ein Stück vorweglief, hatte der andere Mühe, Schritt zu halten. Er trug einen Rucksack, in dem sich schweres Werkzeug befand. Beide waren in dunklen, robusten Arbeiterdenim gekleidet.

Kurz bevor sie den Marktplatz betraten, blieb der Anführer stehen.

„Vladimir, wie kommen wir rein?“, wollte er mit gesenkter Stimme wissen.

„Kein Problem, Chef“, gab der andere zurück. „Die Schlösser sind leicht zu knacken.“

„Ich hoffe, das stimmt“, knurrte Buschwächter verhalten. Sein Herz klopfte wie verrückt. Solche Aktionen war er nicht gewohnt.

Hinter der letzten Weinlaube, die in nächster Nähe zum Petrinihaus stand, blieben sie stehen und beobachteten ihre Umgebung. Das Weindorf war um diese Uhrzeit selbstverständlich menschenleer. Sie wussten allerdings nicht, wie viele Wächter auf dem Gelände eingesetzt waren. Im Moment war keiner von ihnen zu sehen.

Nachdem Vladimir und Buschwächter einige Zeit wortlos gelauert hatten, flüsterte Buschwächter: „Los, schleich dich vor und öffne die Tür. Ich passe so lange auf.“ Er schlug Vladimir nicht gerade sanft auf die Schulter. „Wir müssen schleunigst von der Bildfläche verschwinden!“

Vladimir huschte los. Dabei schlug das Werkzeug im Rucksack leise klirrend gegeneinander.

„Idiot, pass doch auf!“, fauchte der Stadtbaurat seinem Helfer hinterher. Er hatte beschlossen, den Mann trotz seines Versagens noch einmal mit ins Boot zu nehmen. Sein Motiv war dabei sicher nicht freundlicher Natur. Er brauchte einfach jemanden, der die mit Sicherheit anfallende Drecksarbeit erledigte.

Nach einer Weile folgte Buschwächter seinem Komplizen

nach. Er huschte durch die Tür der Weinlaube und versuchte sie hinter sich zu schließen. Das war aber nur bedingt möglich, weil sein Helfer offenbar das Schloss mit Gewalt geöffnet hatte. So ein Dummkopf, dachte er.

Aus dem Rucksack holte Vladimir zwei Kopflampen heraus, die sie sich aufsetzten und einschalteten. Jetzt begann der gefährliche Teil des Unternehmens.

Buschwächter musste zugeben, dass seine Leute hervorragende Arbeit geleistet hatten. Um in den historischen Gang unter dem Petrinihaus einzudringen, hatten sie einen unauffälligen Zugang geschaffen, der von einem begehbaren Kanal ausging. Um diesen Gang zu kaschieren, hatten die Männer einfach eine Metalltür eingebaut, die zwei anderen Metalltüren glich und so keinen Verdacht erzeugte. Buschwächters Komplize holte einen Schlüssel heraus und öffnete die Metalltür.

Als sie den Eingang passiert hatten, befanden sie sich in einer anderen Welt. Statt aus Beton bestanden die Wände aus Stein und Erdreich. Es roch modrig. Im Schein der Kopflampe war ein Gang zu erkennen, der in Richtung Grafeneckart in den Untergrund getrieben worden war. In Abständen waren Holzstützen zu erkennen, die ihn wie einen altertümlichen Bergwerksstollen abstützten.

„Ich denke, der Gang ist eingestürzt!“, sagte der Stadtbaurat.

„Ist er auch“, gab sein Begleiter zurück. „Ein Stück weiter vorne. Sollen wir wirklich weitergehen? Was wir hier machen, ist saugefährlich!“

„Kaum wird es ernst, hast du die Hose gestrichen voll“, gab Buschwächter ironisch zurück. „Gegen die Kohle hast du aber nichts einzuwenden. – Also los!“ Er gab dem Mann einen Schubs.

Vladimir drehte sich böse knurrend um und starrte Buschwächter an. Der wurde durch die Lampe seines Gegenübers völlig geblendet, was die Szene urplötzlich bedrohlich erscheinen ließ.

„Weil Sie gerade von Geld sprechen, Chef." Es war deutlich zu spüren, dass Vladimirs Stimmung von einer Sekunde auf die andere umgeschlagen war. „Ich weiß ja nicht genau, um was es hier eigentlich geht. Aber bei dem Aufwand, den Sie hier betreiben, gehe ich davon aus, dass einige Kohle im Spiel ist. Ich denke deshalb, dass wir halbe-halbe machen, wenn wir hier erfolgreich sind."

Buschwächter tippte sich spontan mit dem Zeigefinger an die Stirn. „Du bist wohl nicht ganz bei Trost!", entfuhr es ihm. „Du bekommst das, was ausgemacht war. Ich werde dir auch noch das Geld auszahlen, das eigentlich deine beiden Kumpels bekommen hätten. Damit kannst du dann machen, was du willst. Ansonsten hat sich's! Und jetzt sieh zu, dass du weiterkommst, sonst gibt's gar nichts!"

Als er seinen Kumpan wieder nach vorn stieß, packte dieser den Stadtbaurat an der Brust und zog ihn zu sich heran.

Buschwächter war überrumpelt und registrierte überrascht, dass der Mann über erhebliche Körperkräfte verfügte.

„Jetzt pass mal auf, Chef", zischte er, „wenn du denkst, dass du mich linken kannst, hast du dich geschnitten. Ich will die Hälfte, ansonsten kannst du mich kennen lernen! Wenn ich meinen Kumpels erzähle, dass du sie ausgebootet hast, werden die ziemlich ungemütlich."

Buschwächter hob die Hände. „Jetzt bleib mal ruhig, Junge. Wir können über alles reden. Ich kann das nicht alleine entscheiden, da muss ich erst meinen Partner fragen."

„Die Hälfte!", wiederholte Vladimir. Er nahm eine bedrohliche Haltung ein. „Wie ihr euch die andere Hälfte teilt, ist mir scheißegal!" Das mit dem zweiten Mann hatte er nicht gewusst.

„Okay, okay", beschwichtigte Buschwächter. Er brauchte

den Mann. Über Geldangelegenheiten konnte man später, in einer weniger ungünstigen Situation, sprechen. „Aber jetzt sollten wir weitermachen. Wir können nicht ewig hier unten bleiben."

Vladimir kniff, was Buschwächter nicht sehen konnte, die Augen böse zusammen, dann sagte er in beherrschterem Ton: „Langsam, langsam. Wir holen hier also die Kastanien für irgendeinen Typen aus dem Feuer, der sich aus der Sache raushalten will. Sag mir, wer das ist. Wenn du ihn nicht überzeugen kannst, ich habe damit sicher kein Problem!"

Buschwächter überlegte einen Augenblick. Wenn er seinem Helfer sagte, wer sein Partner war, würde er seine Aggressionen an diesem auslassen.

„Er sitzt oben in der Bank", gab er widerwillig zurück und wies mit dem Daumen zur Decke.

Vladimir riss die Augen auf. „Hier in dieser Bank?", wiederholte er ungläubig.

Buschwächter nickte. „Er ist der Chef."

Vladimir stieß einen leisen Pfiff aus, sagte aber nichts mehr. Jetzt mussten sie erst einmal das heutige Ziel erreichen, dann konnte er darüber nachdenken, wie er dieses Wissen zu seinem Vorteil nutzen konnte.

Sie marschierten weiter. Die Decke wurde schnell niedriger, so dass sie gebeugt gehen mussten, um sich nicht die Köpfe anzustoßen. Buschwächter, der diesbezüglich eigentlich nicht empfindlich war, überkam ein beklemmendes Gefühl. Plötzlich standen sie vor der Barriere, die durch die heruntergebrochene Decke entstanden war. Während sie das Hindernis musterten, rieselte ständig neues Erdreich nach.

„Verdammt, das ist ja eine richtige Todesfalle!", stellte der Stadtbaurat betroffen fest.

„Sag ich doch. Dieses Unternehmen ist der reine Wahnsinn.

Wir sollten wieder gehen“, entgegnete Vladimir und machte Anstalten, den Rückweg anzutreten.

„Hey, nichts da, bleib hier! Hier wird nicht gekniffen. Wir müssen da durch. Wenn du schon Forderungen stellst, musst du auch etwas dafür tun.“

Vladimir blieb stehen und dachte einen Augenblick nach, dann meinte er: „Wir müssen unbedingt hier die Decke abstützen, sonst können wir uns gleich eine Kugel durch den Kopf jagen. Da reicht die geringste Erschütterung und der ganze Gang fällt uns auf den Kopf.“

„Wo sollen wir jetzt Stützen herbekommen?“

Der Mann zuckte mit den Schultern. „Draußen auf der Baustelle für die neue Tiefgarage liegt noch genügend Material herum, Kanthölzer, Schalbretter und so. Damit müsste es gehen.“

„Das heißt, du willst noch einmal rauf und das Zeug hierherschleppen?“ Buschwächter starrte seinen Helfer an.

„Wenn du das Du durch ein Wir ersetzt, hast du Recht. Von selbst wird sich das Material wohl nicht hierherbefördern“, entgegnete Vladimir ironisch.

Buschwächter fluchte leise, dann bewegte er sich wieder in Richtung Ausgang. Er hatte schon jetzt Blasen an den Händen. Vladimir folgte ihm grinsend.

Zur gleichen Zeit und ganz in der Nähe hatte die Frau den Keller betreten, der Ausgangspunkt für ihre Nachforschungen war. Ungewollt hatte sie einige Tage zuvor ein Telefonat des Stadtbaurats belauscht, das sie misstrauisch gemacht hatte. Es war hierbei von einem Dokument die Rede gewesen, in dem ein Gang beschrieben sei, der angeblich vom ehemaligen Petrinihaus bis zum Grafeneckart führen sollte. Dort sollte ein Schatz verborgen sein. Was immer darunter zu verstehen war. Später war sie in einem günstigen Moment in das Zimmer von Buschwächter gegangen und hatte seinen Schreibtisch durchsucht. Als sie nichts gefunden hatte, hatte sie in seinem Computer geforscht. Dabei hatte sie zu ihrem Erstaunen eine E-Mail vom Direktor der BR-Bank mit einem Anhang entdeckt.

Sie hatte ihren Augen nicht getraut, als auf dem Bildschirm der Scan eines offenbar historischen Dokuments erschien. Zwar misstraute sie der Echtheit der Urkunde, trotzdem beschaffte sie sich in der Folge die alten Baupläne des Kellers. Beim Studium der Pläne stieß sie auf eine Tür, hinter der sich sonderbarerweise offenbar kein Raum befand. Der Zweck dieser Tür war nicht zu erkennen.

Diese Tür befand sich hier in diesem Keller. Sie hatte sich die Örtlichkeiten schon einmal bei Tage angesehen und wusste zumindest grob, was sie vorfinden würde.

Langsam steckte sie den Schlüssel ins Schloss und trat ein. Hier konnte sie jetzt das Licht einschalten, da der Raum kein Fenster hatte.

Zielstrebig ging sie an den zahlreichen Regalen vorbei, auf denen die Hausverwaltung allerlei lagerte. Im hinteren Bereich des Kellerraums, wo die Decke niedriger wurde und die Beleuchtung nur noch spärlich war, stand ein uraltes Holzregal an der Wand. Man konnte sehen, dass es dort bereits viele Jahrzehnte unverrückt überdauert hatte. Trotzdem befand es sich in einem brauchbaren Zustand, so dass man dort noch einige Holzkisten mit uralten Registern aufhob.

Mit der Taschenlampe leuchtete sie hinter die Kisten. Auf den ersten Blick war zu ihrer Verwunderung nur festes Mauerwerk zu erkennen. Von einer Tür keine Spur! War der Bauplan falsch? Sie musste sich Gewissheit verschaffen. Jetzt war sie so weit vorgedrungen, dass sie nicht einfach unverrichteter Dinge wieder abziehen wollte.

Sie legte den Rucksack und den Klappspaten ab, dann zog sie die Arbeitshandschuhe über und begann, die Kisten mit den alten Büchern zu leeren. Gefüllt konnte sie die Behältnisse nicht herunterheben, weil die alten Folianten zu schwer waren. Bald lief ihr der Schweiß in Strömen über das Gesicht und brannte ihr in den Augen. Aber sie achtete nicht darauf und die Arbeit ging flott voran. Nach einer halben Stunde hatte sie das Regal freigeräumt. Ächzend hob sie es an der einen Seite an. Nur zentimeterweise gelang es ihr, es zur Seite zu rutschen. Als sie es endlich geschafft hatte, musste sie eine kleine Erholungspause einlegen. Diese nutzte sie, um sich im Schein der Taschenlampe die Wand hinter dem Regal genauer anzusehen. Auf den ersten Blick wirkte sie stabil. Sie nahm den Klappspaten und klopfte mit dem Stiel gegen die Mauer. Auf Anhieb traf sie eine Stelle, die hohl klang. Ihr Herz machte einen Sprung. Hastig dehnte sie ihre Klopftests auf die Umgebung der Stelle aus. Sie hatte die ungefähren Umrisse eines Rechtecks entdeckt.

Nachdenklich blieb sie vor der Mauer stehen. Offenbar hatte man die Tür irgendwann mit einer dünnen Mauer verblendet, die vom Material her aber dem umgebenden stabilen Mauerwerk angeglichen worden war. Warum?

Das konnte ihr im Augenblick auch egal sein. Aus dem Rucksack holte sie einen Steinmeißel und einen Fäustel heraus. Kurz entschlossen steckte sie die Spitze des Meißels in eine Fuge zwischen zwei Mauersteinen, wo ihr der Mörtel porös erschien. Sie atmete tief durch und schlug mit dem Fäustel auf den Meißelkopf. Laut hallten die Schläge durch den Keller.

Es bedurfte nur weniger Schläge, dann hatte sie den Meißel so tief in die Fuge getrieben, dass kein Widerstand mehr zu spüren war. Systematisch arbeitete sie jetzt den betreffenden

Stein rundherum frei, so dass sie den Meißel irgendwann als Hebel einsetzen konnte, um den Stein aus der Mauer herauszudrücken. Heftig atmend wischte sie sich mit dem Unterarm den Schweiß aus dem Gesicht. Nachdem der erste Stein aus der Mauer vor ihren Füßen lag, lehnte sie sich keuchend gegen die Wand. Es war ihr klar, dass sie es niemals schaffen konnte, die Mauer einzureißen, wenn jeder Stein so schwer zu bearbeiten sein würde wie der erste. Zwischen den Zähnen fühlte sie den Staub, und in ihrer Nase kitzelte es heftig.

Nachdem sie sich ausgeruht hatte und sich den Mund mit einem Schluck aus der mitgebrachten Wasserflasche freigespült hatte, ging sie wieder an die Arbeit. Fast hätte sie einen Jubelschrei ausgestoßen, als sie feststellte, dass die nächsten Steine wesentlich leichter herauszubrechen waren. Ihr fiel ein, dass sie ein Brecheisen mitgenommen hatte. Mit diesem Werkzeug ging es wesentlich schneller als mit dem kurzen Meißel. Je mehr Steine sie aus der Wand herausbrach, desto leichter wurde es. Zwischendurch leuchtete sie mit der Taschenlampe in die frei gewordene Öffnung. Dahinter war eindeutig eine Holzfläche zu erkennen. Die erhoffte Tür? Ihr Eifer wurde durch diese Entdeckung erst recht angeheizt. Die herausgebrochenen Brocken, die sich vor ihr angehäuft hatten, räumte sie zur Seite, um wieder Platz zu haben.

Eine Dreiviertelstunde später war die Wand beseitigt. Dahinter kam tatsächlich eine massive Holzwand zum Vorschein. Die Frau zog ihren rechten Handschuh aus und fuhr vorsichtig mit den Fingern über die raue Holzfläche. Feuchtigkeit und die Zeit hatten das Holz war fast schwarz werden lassen. Sie wusste nicht, dass es sich hierbei um dicke Eichenbohlen handelte, die hart wie Eisen waren.

Mit Hilfe der Taschenlampe untersuchte sie die Bretter. Es waren keine Scharniere oder ein Schloss vorhanden. Entschlossen setzte sie den kürzeren Fuß des Brecheisens am äußeren Rand der Holzbarriere an. Es gab zwar ein knirschendes Geräusch, als das Metall an der Mauer, die als Widerlager diente, entlangrieb. Die Bohlen des Hindernisses aber bewegten sich kaum. Keuchend setzte sie das Brecheisen ab. Durch den Abriss der Mauer war ein Großteil ihrer Kräfte verbraucht. Verzweifelt starrte sie die Eichenbretter an. Sollte sie an diesem Problem scheitern? Wenn es ihr gelänge, den Hebel der Brechstange zu verlängern …

Sie verließ den hinteren Bereich des Kellers und eilte suchend durch die Regalreihen. Vielleicht gab es hier etwas, das sie für ihre Zwecke verwenden konnte.

In einer Ecke entdeckte sie ein ganzes Lager Wasserleitungsrohre, die wohl bei Sanierungsarbeiten an den Versorgungsleitungen des Hauses übrig geblieben waren. Sie suchte sich ein circa zwei Meter langes Rohr aus, das vom Innendurchmesser her über das Brecheisen passen musste. Das Rohr bestand aus schwerem Material. Lange würden ihre Arme diese Belastung nicht aushalten.

Erleichtert atmete sie auf, als sich das Rohr ohne Probleme über die Brechstange schieben ließ. Schnell zwängte sie den kurzen Hebel unter die Eichenbohle und stemmte sich dann mit ihrem gesamten Körpergewicht gegen das Wasserleitungsrohr. Ihre Adern traten dick hervor. Dann gab es plötzlich einen lauten Knall und der Widerstand löste sich so spontan, dass sie den Halt verlor und nach vorne stürzte. Dabei schlug sie mit der Hand so heftig auf, dass sie einen lauten Schmerzensschrei ausstieß. Leise fluchend rappelte sie sich wieder auf. Der Schmerz in der Handfläche blieb. Vorsichtig tastete sie die Stelle ab. Als sie die Fingerkuppen betrachtete, waren sie rot von Blut.

„Auch das noch“, brummte sie verärgert. Es war wohl nur eine Schürfwunde, die zwar heftig blutete und brannte, aber sonst wohl ungefährlich war. Sie bemühte sich, den Schmerz zu ignorieren.

Das Ergebnis ihrer Kraftanstrengung konnte sich allerdings sehen lassen. Zwei der Bohlen waren aus der Bretterwand herausgebrochen und gaben den Blick auf ein ungefähr mannshohes schwarzes Loch frei. Jetzt spürte sie auch einen kühlen Luftzug, der über ihr erhitztes Gesicht strich. Die Öffnung war allerdings noch nicht groß genug, um sie durchzulassen.

Sie konnte erkennen, dass die Bretter an zwei Querbalken festgenagelt waren, die rechts und links in die Mauer des Kellers eingelassen waren. Sie nahm all ihre Kraft zusammen und schob das Brecheisen auf Höhe des Querbalkens unter das nächste Brett. Sie stieß einen Schrei aus, als sie sich gegen die Hebelverlängerung warf. Mit einem lauten Krachen gab das Brett nach. Diesmal gelang es ihr, sich abzufangen.

Scheppernd fiel das Metallrohr aus ihren nun kraftlosen Händen. Die Frau war am Ende ihrer Kräfte.

Die Öffnung nahm jetzt ungefähr die halbe Gangesbreite ein, so dass sie sie bequem passieren konnte. Sie nahm einen großen Schluck aus der Wasserflasche. Neue Energie durchströmte ihren Körper.

Ihre Entscheidung stand fest: Sie wähnte sich kurz vor dem Ziel und würde hier sicher nicht abbrechen. Entschlossen bewaffnete sie sich mit dem Brecheisen und schnappte sich die Taschenlampe. Nachdem sie sich den Rucksack übergeworfen hatte, musterte sie im Schein der Lampe die alten Holzstützen, die den in das blanke Erdreich hineingetriebenen Stollen abstützten. Das Material sah nicht sehr vertrauenserweckend aus.

Bedächtig betrat die Frau den Gang. Es war ihr klar, dass sie hier mit einem Stück Stadtgeschichte konfrontiert wurde. Wo sollte hier der Schatz liegen? Sie hatte keinerlei Vorstellung. Langsam drang sie tiefer in den Stollen ein.

Sie hatte vielleicht zwanzig Schritte zurückgelegt, als sie in der Wand des Stollens einen kleinen Nebenraum entdeckte.

Langsam glitt der Schein ihrer Taschenlampe über einen alten Schrank. Er stand auf einigen halb verfallenen Brettern, die ihn wohl ursprünglich vor Feuchtigkeit schützen sollten. Zögerlich ging sie auf den Schrank zu. Die Türen, die früher sicher einmal verschlossen gewesen waren, gaben gleich nach, als sie an ihnen zog. Als sie hinter den Türen eine Truhe entdeckte, begann ihr Herz wie wild zu schlagen. Die Eisenbeschläge der Truhe waren vom Rost zerfressen. Im gleichen Zustand befand sich das alte Schloss, zu dem der Schlüssel fehlte.

Fast schien es ihr wie ein Sakrileg, als sie das Brecheisen unter den Deckel der Truhe drückte und vorsichtig zu hebeln begann. Das Schloss leistete nur wenig Widerstand. Mit einem knackenden Geräusch brach es auf und der Deckel lüftete sich.

Die Frau zögerte kurz, dann hob sie ihn hoch. Fast hätte sie laut aufgelacht, als sie den Inhalt der Truhe zur Kenntnis nahm. Zwar sehr verstaubt, aber ordentlich aufgestapelt, ruhten hier mehrere Lagen gefüllter Weinflaschen. Bestand der Schatz des Petrini aus Frankenwein? Sicher, der Wein war alt und würde auf Auktionen wahrscheinlich einen ordentlichen Batzen Geld bringen. Hatte Petrini vielleicht noch andere Kostbarkeiten versteckt? Einer inneren Stimme gehorchend, nahm sie die Weinflaschen vorsichtig aus der Truhe. Die Verschlüsse waren mit Wachs versiegelt und noch völlig intakt.

Als alle Flaschen neben ihr standen, betrachtete sie genau den Boden der Truhe, der sehr gut erhalten war. Vorsichtig versuchte sie, die Truhe anzuheben, schaffte es aber nicht, weil diese noch immer sehr schwer war. Sie klopfte den Truhenboden ab. Er klang hohl. Kein Zweifel, die Truhe hatte einen doppelten Boden! Nach kurzem Nachdenken hatte sie sich entschieden. Es blieb ihr keine Zeit mehr, nach einem Mechanismus zu suchen, der den Boden zerstörungsfrei öffnete. Die Frau rammte das Brecheisen in die Seite der Truhe. Mit einem Ruck hebelte sie es hoch, das Holz zerbrach mit einem Knall.

„Mein Gott“, entfuhr es ihr, als sie die Münzen entdeckte, die den Boden der Truhe vollständig bedeckten, „der Schatz des Antonio Petrini!“

Kurz entschlossen nahm sie den Rucksack vom Rücken und begann, die Münzen hineinzuwerfen. Sie hatte keine Ahnung, welchen Wert sie hatten. Es schienen Goldmünzen zu sein. Auf jeden Fall konnte der Fund eine erhebliche Aufbesserung ihrer Altersversorgung bedeuten. Bei diesem Gedanken musste sie lächeln.

Als sie die letzte Münze verstaut hatte, legte sie die Weinflaschen in die Truhe zurück. Vielleicht konnte sie bei späterer Gelegenheit auch noch den Wein holen. Die Münzen waren schon schwer genug. Nachdem die Frau die Flaschen wieder eingeräumt hatte, wollte sie den Truhendeckel schließen. Sie zögerte kurz. Dann packte sie doch kurz entschlossen zwei Weinflaschen mit in den Rucksack.

Als sie gerade dabei war, den schweren Rucksack auf den Rücken zu wuchten, ertönte draußen ein lautes Geräusch. Erschrocken fuhr die Frau zusammen. Schnell löschte sie die Taschenlampe und presste sich mit dem Rücken gegen die Wand. Sie erkannte eindeutig menschliche Stimmen. Wer um Gottes willen befand sich außer ihr noch in dem Stollen? Hoffentlich hatte niemand den Lichtschein ihrer Taschenlampe gesehen!

Für Buschwächter und Vladimir gestaltete sich das Herbeischaffen der Schalbretter und Kanthölzer für die Abstützung des Ganges als schweißtreibende Angelegenheit. Zudem war sie recht riskant, denn die beiden mussten ständig damit rechnen, dass auf dem Marktplatz einer der Sicherheitsleute auftauchte. Als sie schließlich drei Schalbretter und die doppelte Anzahl Stützhölzer in den Gang geschleift hatten, brauchte Buschwächter erst einmal eine Verschnaufpause.

„Nichts gewohnt, was?“, höhnte Vladimir, dem die ganze Aktion nicht viel auszumachen schien.

„Ach, halt den Mund“, gab der Stadtbaurat schwach zurück. Insgeheim musste er dem Mann Recht geben. Er war ein reiner Schreibtischtäter. Fürs Grobe hatte er für gewöhnlich Personal. Das hier ging definitiv gegen seine Natur.

„Wir müssen von dem Schutt so viel abtragen, dass wir unterhalb der Decke durchkriechen können“, überlegte Vladimir laut, während er das Erdreich vor sich ableuchtete. „Allerdings kann man nicht sagen, wie weit der Gang tatsächlich zugeschüttet ist. Wenn wir Pech haben, geht das bis zum Ende.“

„Fangen wir an“, sagte Buschwächter und schnappte sich den Klappspaten, „mit Quatschen kommen wir nicht weiter.“ Vladimir musterte den Schutt misstrauisch. „Wir müssen sehr vorsichtig sein. Das Zeug ist völlig instabil.“

Vorsichtig begann Vladimir, das Erdreich direkt unter der Decke des Ganges abzutragen. Immer wenn es von der Decke zu rieseln begann, hielt er inne. Dadurch kamen sie nur sehr langsam voran.

Nach einer guten Stunde hielt Vladimir inne. Er richtete den Lichtstrahl nach vorne.

„Was ist los?“, wollte Buschwächter wissen, der damit beschäftigt war, den Abraum, den Vladimir nach hinten schaufelte, zur Seite zu schaffen.

„Ich spüre einen Luftzug“, gab der Mann zurück. „Es sieht so aus, als würde der Deckeneinbruch doch nur wenige Meter tief in den Stollen hineinreichen.“

„Das wäre ja prima", freute sich Buschwächter.

Vladimir schaufelte mit neuem Elan weiter. Schon nach kurzer Zeit hatte er so viel Material abgetragen, dass er ohne Probleme zwischen der Decke des Ganges und dem obersten Punkt des Einbruchs hätte durchkriechen können.

„Wir müssen jetzt abstützen", stellte er schließlich fest und wies mit dem Finger auf die Kanthölzer.

Mit den Hölzern und Brettern gelang es Vladimir, den freigeräumten Durchschlupf notdürftig abzusichern. Wenig später verkündete er triumphierend: „Chef, ich bin durch. Ich kann auf der anderen Seite den intakten Gang erkennen. Noch eine Stütze, dann können wir es riskieren."

Eine Viertelstunde später krochen die beiden Männer durch den freigeschaufelten Durchschlupf auf die andere Seite des herabgestürzten Ganges.

„Mann, bin ich froh, dass wir das geschafft haben", stellte Buschwächter erleichtert fest. Seine Kleidung war feucht und dreckverschmiert, aber das nahm er nicht zur Kenntnis.

„Das heißt nicht, dass die Gefahr vorüber ist", warnte Vladimir. „Hier ist die Decke genauso brüchig wie hinter uns. Wir müssen uns beeilen! Wo ist jetzt dieser Schatz?"

Der Stadtbaurat hatte seine Überheblichkeit wieder ein Stück weit zurückgewonnen. „Wart's ab", entgegnete er. „Die Stelle ist uns nicht genau bekannt. So viele Möglichkeiten gibt es hier aber nicht. Irgendwo in dem Gang muss er sein. Mehr weiß ich auch nicht." Während er sprach, kniete er nieder, weil einer seiner Schnürsenkel aufgegangen war. Dabei senkte sich der Strahl seiner Kopflampe. Plötzlich stutzte er und starrte angestrengt in den Gang vor sich. War dort vorne nicht ein heller Lichtschimmer?

Zeitgleich fuhr Vladimir Müller wutentbrannt herum. „Mann, ich habe es satt, mich dauernd verarschen zu lassen."

Buschwächter hatte keine Chance zu reagieren, geschweige denn, seine Entdeckung weiterzugeben. Der Schlag kam mit der Härte eines Vorschlaghammers und traf ihn mit vernichtender Wucht am Hinterkopf. Wie ein gefällter Baum brach Buschwächter zusammen und blieb gekrümmt auf dem Gesicht liegen.

So schnell, wie Vladimirs Wut gekommen war, so schnell verrauchte sie auch wieder.

„Chef …“, stieß er hervor. Dann sah er die gebrochenen Augen des Stadtbaurats, die starr gegen die Decke gerichtet waren. Das Licht der Kopflampe stach steil nach oben.

Vladimir kniete hastig neben dem Zusammengebrochenen nieder. Als er die sich schnell vergrößernde Blutlache sah, die sich vom Hinterkopf des Mannes ausgehend kreisförmig auf dem festgestampften Erdreich verteilte, war ihm klar, dass hier nichts mehr zu retten war. Mit zitternden Händen fasste er den kinderkopfgroßen Kalksteinbrocken und legte ihn zur Seite. Im Schein seiner Lampe sah er die anhaftende Blut- und Gehirnmasse. Ihm wurde übel und Schweiß brach ihm am ganzen Körper aus.

Nach ein paar Minuten riss er sich mühsam zusammen und tastete nach dem Schalter von Buschwächters Kopflampe. Der starre Lichtstrahl, der wie ein drittes Auge gegen die Decke getrahlt hatte, erlosch.

Vladimir erhob sich. Die ihn umgebenden Wände, der immer wieder herabrieselnde Sand und seine aufgewühlten Gefühle ließen ihn panisch werden. Plötzlich wollte er nur noch weg. Hastig drehte er sich um und eilte zum Durchschlupf zurück. Als er die Öffnung passieren wollte, blieb er mit dem Rucksack hängen. Schwitzend drehte er sich um und versuchte es mit den Füßen voran. Auch auf diese Weise brachte er den Rucksack nicht durch die Öffnung. Mühsam schlängelte er sich aus den Schultergurten heraus. Dabei sprang der Lichtstrahl seiner Kopflampe unkontrolliert durch den Gang. Für einen Augenblick gaukelten ihm seine überreizten Sinne eine Fata Morgana vor. Er hatte den völlig verrückten Eindruck, dass das Licht in der Tiefe des Stollens über das bleiche Gesicht eines Menschen gehuscht war. Das Antlitz einer Frau, einer Frau, die er irgendwoher kannte!

Kaum hatte er den Durchschlupf passiert und versucht, den Rucksack nachzuziehen, rutschte ein weiteres Stück der Decke nach und verschüttete die Passage hinter ihm. Er kam gerade noch mit heiler Haut davon. Er ließ Rucksack Rucksack sein und flüchtete Hals über Kopf aus dem Stollen. Hastig verschwand er wenig später in der Schlucht zwischen Rathaus und Petrinibau. Dort lehnte er sich gegen eine Hauswand und atmete tief durch. Seine Knie zitterten und sein Atem ging heftig.

Als er sich beruhigt hatte, fiel ihm die Erscheinung ein, die er im Gang gehabt hatte. Falls die Frau echt gewesen war: Hatte sie ihn gesehen, als er den Stein in den Händen hielt? Würde sie ihn wiedererkennen? Er schüttelte den Kopf, als müsste er seine Gedanken ordnen. Wahrscheinlich hatte er sich das alles nur eingebildet.

Die Frau in der Nische lauschte zitternd vor Aufregung und Angst den zahlreichen Geräuschen, die aus dem Stollen an ihr Ohr drangen. Kein Zweifel, es handelte sich eindeutig um die Stimmen von Männern. Sie konnte allerdings kein Wort verstehen. Was sollte sie tun? Fliehen? Dann bestand die Gefahr, dass sie entdeckt wurde. Ihr war klar, dass es sich bei den Eindringlingen nicht um Bauarbeiter handelte. Wer sich um diese

Tageszeit hier aufhielt, da war sie sich sicher, hatte nur ein Ziel: den Schatz des Petrini. Wahrscheinlich waren es Buschwächter und sein Gesprächspartner, die sie beim Telefonieren belauscht hatte.

Das Gewicht der Rucksackriemen schnitt immer tiefer in ihre Schultern ein. Plötzlich hörte sie ein unangenehmes knackendes Geräusch. Es klang wie das Knacken einer Kokosnuss. Unwillkürlich erschauderte sie.

Kurz darauf sah sie einen Lichtstrahl, der unkontrolliert durch den Gang huschte. Zuerst dachte sie, die Männer kämen näher und suchten nach ihr, woraufhin sie sich noch enger an die kühle Wand drückte. Doch so schnell wie der Lichtschein aufgetaucht war, verschwand er auch wieder. Kein Laut war mehr zu hören.

Sie hatte jedes Zeitgefühl verloren und wusste nicht mehr, wie lange sie schon regungslos an der Stelle verharrt hatte. Schließlich löste sie sich vorsichtig von der Wand und machte einige zaghafte Schritte aus der Nische heraus in den Gang hinein. Kein Lichtschein, nur von links ein schabendes Geräusch. Wie erstarrt blieb sie stehen. Was war das? Plötzlich stach ein greller Lichtstrahl wie ein Blitzlicht in ihre Richtung und huschte über ihr Gesicht. Mit einem Satz sprang sie wieder zurück in die Nische. Wieder hörte sie dieses schabende Geräusch, dann Todesstille, dann ein undefinierbares Krachen.

Wie angewurzelt verharrte sie und lauschte in die Finsternis. Angstschweiß lief ihr in Strömen über die Stirn. Nach quälenden zehn Minuten wagte sie erneut einen Schritt in den Stollen. Als nichts geschah, riskierte sie es, ihre Taschenlampe einzuschalten. Suchend bohrte sich der Lichtstrahl in die Tiefe des Ganges.

Zwei Seelen kämpften in ihrer Brust. Eigentlich drängte sie alles, den Stollen auf schnellstem Wege zu verlassen. Aber da war eine innere Stimme, die sie veranlasste, sich tiefer in den Gang zu wagen. Dorthin, von wo aus die menschlichen Stimmen gekommen waren.

Als der Lichtstrahl den vor ihr liegenden Menschen erfasste, entfuhr der Frau ein spitzer Schrei. Ihr erster Impuls war Flucht. Doch etwas hielt sie davon ab, zwang sie vielmehr, sich der Gestalt zu nähern.

Schockiert erkannte sie, wer dort lag. Ihr entfuhr ein Stöhnen und sie taumelte zurück. Sie sah die Blutlache, die sich mittlerweile bis zum Oberkörper des Mannes ausgebreitet hatte. Dicht neben dem Kopf lag ein blutiger Steinbrocken. Ekel überkam sie. Schließlich rollte sie den Stein ein Stück zur Seite. Es schmerzte sie, als die spitzen Ecken des Steines mit ihren Aufschürfungen in der Handfläche in Berührung kamen.

Welches Drama hatte sich unmittelbar in ihrer Nähe abgespielt? Zaghaft bückte sie sich und tastete nach Buschwächters Handgelenk. Wie erwartet kein Puls. Der Stadtbaurat war tot.

Ihre Gedanken überschlugen sich. Was sollte sie tun? Den Mann liegen lassen, den Stollen verlassen und darauf hoffen, dass er irgendwann gefunden wurde? In diesem Augenblick kam von der Decke ein neuerlicher Steinhagel.

Der Frau war die Vorstellung, dass er hier unter einstürzenden Erdmassen verschüttet wurde, zuwider. Kurz entschlossen packte sie ihn an den Handgelenken und begann ihn in Richtung Grafeneckart zu zerren. Ein weiterer Kraftakt, den sie heute zu leisten hatte und der ihr die allerletzten Kräfte, körperlich wie seelisch, abverlangte. Als sie den Keller wieder erreicht hatte, legte sie den Toten so ab, dass er von der nächsten Person, die den Lagerraum betrat, gefunden werden musste. Sie vermutete, dass der Raum vom Hausverwalter fast täglich aufgesucht wurde. Erschöpft ruhte sie sich ein wenig aus. Dabei vermied sie es, Buschwächter anzusehen. Sie nahm einen großen Schluck aus der Wasserflasche, dann warf sie einen Blick auf ihre Armbanduhr. Es wurde langsam Zeit, dass sie verschwand. Nicht mehr lange und die ersten Bediensteten des Rathauses würden auftauchen.

Nachdem sie den Keller verlassen hatte, streifte sie den schmutzigen Blaumann ab und zog eine Jeans aus dem Rucksack. Gleichermaßen verfuhr sie mit den Schuhen. Sie nahm sich nicht mehr die Zeit, den Keller wieder abzuschließen, vielmehr ließ sie die Tür ein klein wenig offen stehen, so dass ein aufmerksamer Mitarbeiter dies bemerken würde und sich veranlasst sehen würde, drinnen nach dem Rechten zu sehen. Bei dieser Gelegenheit musste er den toten Stadtbaurat entdecken.

Wenig später verließ sie das Rathaus durch den Seitenausgang. Vorsichtig spähte sie hinaus auf die Straße. Es war noch niemand unterwegs, so dass sie unbemerkt ihr Auto erreichte. Am Fahrzeug angekommen, lehnte sie sich einen Augenblick erschöpft dagegen. Die Anspannung der letzten Stunden machte sich jetzt deutlich bemerkbar.

Elvira Stark hatte seit der Kommunalwahl ein seelisches Problem. Nachdem der Bürgerwille ihre hochgeschätzte Chefin, Oberbürgermeisterin Dr. Rialena Beckstein-Mannfeld, aus dem Rathaus gewählt hatte, musste sie nun mit ihrem Amtsnachfolger Georg Thalrose klarkommen. Diese Umstellung war für sie nicht einfach zu verkraften. So musste sich ein Buchautor fühlen, dem plötzlich die Protagonisten wegfielen.

Sie hatte natürlich gleich gemerkt, dass es sich bei dem neuen Rathauschef um einen eher bescheidenen, freundlichen, insgesamt sympathischen Mann handelte. Sein Schreibtisch war stets geordnet. Seine Schreibutensilien lagen stets parallel zur Schreibtischkante. Der Papierabfall war immer korrekt zerrissen, so dass es keine Probleme mit dem Datenschutz gab. Eine Eigenschaft, die Elvira etwas bedauerte, war sie doch so von Informationen abgeschnitten, die sie bei der Amtsvorgängerin schon eher einmal auf diesem Wege bekommen hatte.

Seine feine, fast schon aristokratisch zu nennende Art hatte ihm schon nach wenigen Wochen den Spitznamen „King Schorsch“ eingebracht. Wenn er jetzt noch ein bisschen unterfränkisch gefärbt gesprochen hätte, wäre Elvira ganz zufrieden gewesen. Aber der neue Oberbürgermeister pflegte das Hochdeutsche. Ein Umstand, an dem er ihrer Meinung nach noch arbeiten musste.

Elvira Stark hatte vor einer Viertelstunde ihren Dienst angetreten. Es war später Nachmittag und die anderen Bediensteten des Rathauses waren bereits im verdienten Feierabend.

Im Augenblick stand sie an ihrem fahrbaren Putzwagen und musterte die dort aufgereihten Reinigungsmittel. Sie runzelte die Stirn. Es half alles nichts, aber bevor sie anfing, musste sie erst einmal hinunter in den Keller und ihre Vorräte ergänzen.

Elvira schob ihren Wagen in den Aufzug. Mit einem speziellen Schlüssel schaltete sie sich den Zugang zum Keller frei. Für das Kellergeschoss hatte aus Sicherheitsgründen nur ein kleiner Kreis der Rathausbediensteten die Zugangsberechtigung. Der schon betagte Lift benötigte seine Zeit, bis er den Keller erreicht hatte.

Als Elvira den Aufzug verließ, schlug ihr kühle, leicht muffige Kellerluft entgegen. Wenn sie ehrlich war, hielt sie sich hier unten nur äußerst ungern auf. Elvira war kein ängstlicher Mensch, aber wenn sie daran dachte, dass in früheren Jahrhunderten irgendwo hier unten die armen Opfer der Hexenverfolgung auf ihre peinlichen Verhöre warten mussten, kroch ihr ein leichter Schauer über den Rücken.

Sie drückte schnell auf den Lichtschalter. Mehrere Neonröhren sprangen an und verbreiteten im Gang ein diffuses Licht. Eilig schob sie ihren Wagen ein Stück den Gang hinunter, dann hatte sie den Lagerkeller erreicht. Als sie den Schlüssel ins Schloss stecken wollte, stutzte sie. Vorsichtig tippte sie mit dem Finger gegen die schwere Metalltür. Sie war nicht abgeschlossen, nur angelehnt und schwang ein kleines Stück auf.

Merkwürdig, es gab klare Anweisungen der Hausverwaltung, dass die Lagerräume immer geschlossen bleiben mussten. Nicht zuletzt deshalb, weil hier auch verschiedene Chemikalien aufbewahrt wurden.

Elvira beschlich ein unangenehmes Gefühl. Dann riss sie sich zusammen. Wahrscheinlich gab es hierfür eine ganz natürliche Erklärung: Schlamperei. Sie streckte die Hand vor und tastete nach dem Lichtschalter. Auch hier sprangen mehrere Neonröhren an.

Elvira Stark stieß die Tür vollständig auf und rollte mit ihrem Wagen in den Lagerraum. Der Gewölbekeller war mit Metallregalen bestückt, die in zwei Reihen hintereinander angeordnet waren. Es gab einen Mittelgang und an den Wänden Durchlässe, so dass man von allen Seiten an die Regale herankommen konnte.

Elvira sah sich aufmerksam um. Sie konnte nichts Verdächtiges entdecken. Auf ihr „Hallo" kam wie erwartet keine Reaktion. Der Raum war offensichtlich menschenleer. Wie vermutet hatte wahrscheinlich ein anderer Bediensteter des Rathauses vergessen, den Lagerraum wieder ordnungsgemäß zu verschließen.

Elvira zuckte mit den Schultern, dann ging sie zu einem bestimmten Regal und stellte sich die benötigten Reinigungsmittel auf den Wagen. Als sie fertig war, überlegte sie kurz, dann murmelte sie: „Neue Gummihandschuhe wären auch kein Luxus."

Wo stand nur dieser Karton? Da erinnerte sie sich, dass der Hausmeister einmal beiläufig erwähnt hatte, den Lagerraum umgeräumt zu haben. Sie ließ den Wagen stehen und suchte die Regale im hinteren Bereich des Kellers ab. Plötzlich spürte sie einen kühlen Luftzug. Sie wusste, dass es hier unten keine Fenster gab. Der Zug musste also eine andere Ursache haben.

Elvira Stark war nun einmal eine Persönlichkeit, die an ihrer Umgebung ein höchst lebhaftes Interesse hatte. Anders ausgedrückt: Elvira war ausgesprochen neugierig. Und ihre Neugierde war stärker als ihre Angst. Entschlossen marschierte sie weiter in den hinteren Bereich des Kellers hinein. Sie nahm eine Taschenlampe, die auf einem der Regale stand. Ein Stück weiter musste sie sich bücken, um nicht mit dem Kopf an einem der hier bis zum Boden hin auslaufenden Gewölbebogen anzustoßen. Die Decke war hier niedriger als im übrigen Kellerbereich. Sie schaltete die Taschenlampe ein.

Als Elvira Stark das letzte Regal an der hintersten Wand erreichte, blieb sie plötzlich so abrupt stehen, als wäre sie gegen eine unsichtbare Mauer gelaufen. Der Anblick, der sich ihr im scharf umrissenen Lichtkegel der Taschenlampe bot, war so entsetzlich, dass ihr ein lauter Schrei entfuhr. Auf dem Boden des Ganges lag inmitten von Geröll, Staub und herausgebrochenen Mauersteinen, ein Mann. Seine Körperhaltung war gekrümmt, sein Hinterkopf schien eine einzige blutige Masse zu sein. Elvira Stark war wie gelähmt. Ihr erster Reflex war, so schnell wie möglich wegzulaufen.

Es dauerte einen Augenblick, bis sie sich so weit gefangen hatte, dass sie wieder einen klaren Gedanken fassen konnte. Der Mann war tot, daran gab es keinen Zweifel.

Jede andere Frau wäre wohl Hals über Kopf aus dem Keller geflohen. Nicht so Elvira Stark. Sie arbeitete schon seit vielen Jahren im Rathaus und war daher nicht so leicht zu erschüttern. Vorsichtig näherte sie sich dem am Boden liegenden Menschen und tastete sachte nach der Halsschlagader, wobei sie sorgsam darauf achtete, nicht mit dem Blut in Berührung zu kommen. Wie erwartet war kein Lebenszeichen zu spüren.

Durch ihre Bekanntschaft mit Erich Rottmann und die Erfahrungen, die sie als Gehilfin bei seinen Ermittlungen gemacht hatte, wusste sie, dass sie keine Spuren verwischen, den Mann und den gesamten Tatort also nicht verändern durfte. Das viele Blut verhinderte, dass sie das Gesicht des Toten erkannte. Es fiel ihr allerdings auf, dass er Arbeitskleidung trug, die sehr verschmutzt war.

Sie richtete sich wieder auf und musterte nun die Umgebung der Leiche. „Hier müssen wohl Vandalen gehaust haben“, murmelte sie, als sie die Steine und die herausgebrochenen Bretter bemerkte. Der Strahl der Taschenlampe erleuchtete den dahinterliegenden Bereich. Dort schien ein Gang zu sein.

Aber das alles hatte sie jetzt nicht zu interessieren. Sie wandte sich um und trat in den beleuchteten Bereich des Lagerraums zurück. Sie musste umgehend die Polizei verständigen. Das Problem war nur, dass hier im Keller kein Telefon war. Sie ließ alles stehen und liegen und betrat wieder den Aufzug, der immer noch im Kellergeschoss auf sie wartete.

Oben angekommen, öffnete sie mit ihrem Hauptschlüssel eines der nächstgelegenen Büros, dann wählte sie nach kurzem Überlegen eine Nummer, die sie auswendig kannte. Kurz darauf meldete sie sich: „Hallo Erich, hier ist Elvira. Es ist etwas Schreckliches passiert! Kannst du bitte sofort zu mir ins Rathaus kommen? Ich warte am Seiteneingang in der Karmelitenstraße auf dich." Sie wartete keine Antwort ab und legte auf.

Rottmann betrachtete kopfschüttelnd den Telefonhörer. „Was war denn das?", brummelte er. Elviras Stimme hatte wirklich höchst alarmierend geklungen. Dass sie sofort wieder aufgelegt hatte, deutete auf höchste Dringlichkeit hin. Sonst war ihr Gesprächsbedürfnis kaum zufriedenzustellen. Da würde ihm wohl nichts anderes übrig bleiben, als ihrem Wunsch zu entsprechen. Der Exkommissar sah auf seine Armbanduhr. In einer halben Stunde hatte er sowieso losgehen wollen, weil er sich für den späten Nachmittag wieder mit seinen Stammtischbrüdern auf dem Weindorf verabredet hatte. Was schadete es also, wenn er gleich losmarschierte und sich vorher Elviras Problem annahm?

„Komm, Öchsle", forderte er seinen vierbeinigen Begleiter auf, während er sich seine Lodenjoppe überzog. Der Rüde hatte jedoch schon längst bemerkt, dass es Gassi ging, und hüpfte freudig erregt um seinen Menschen herum.

Eine Viertelstunde später hatte Erich Rottmann die Karmelitenstraße erreicht und stand vor dem Rathauseingang. Elvira wartete schon hinter der Tür und ließ ihn wortlos herein.

Rottmann musterte kurz ihre ernste Miene, dann meinte er: „Sag mal, ist dir ein Gespenst begegnet? Du bist ja weiß wie ein Betttuch."

„Komm rein", erwiderte Elvira, ohne näher auf seine Bemerkung einzugehen, „wir müssen runter in den Keller."

Rottmann zuckte mit den Schultern und ließ den Rüden an sich vorbei. Elvira beachtete ihn nicht. Stirnrunzelnd nahm der Exkommissar auch dieses völlig untypische Verhalten seiner Jugendfreundin zur Kenntnis. Normalerweise hatte sie für den Rüden immer ein paar freundliche Worte übrig.

Sie betraten den Aufzug und fuhren in den Keller hinunter. Eilig führte ihn Elvira durch den Kellerflur zum Lagerraum und schloss wieder auf.

„Wir müssen ganz nach hinten", erklärte sie knapp und marschierte vor dem Exkommissar her.

„Hier ist es!", sagte sie, als sie den unbeleuchteten Gewölbebereich erreicht hatte und schaltete die Taschenlampe ein. Einige Meter weiter traf der Lichtstrahl der Lampe auf die liegende Gestalt.

„Verflixt und zugenäht, was ist denn das?", stellte Rottmann betroffen fest. Öchsle hob die Nase und schnüffelte sichtlich erregt den metallischen Blutgeruch ein.

Wortlos nahm Rottmann Elvira die Taschenlampe aus der Hand und näherte sich in leicht gebückter Haltung dem Toten. Geraume Zeit hielt er den Lichtstrahl auf das blutverschmierte Gesicht, dann richtete er sich auf. „Du weißt, wer das ist?"

Elvira schüttelte den Kopf. „Wenn ich ehrlich bin, hatte ich nicht den Mut, mir das Gesicht genauer anzusehen. Ich bin gleich rauf, um dich anzurufen."

Rottmann rieb sich mit dem Finger über den Nasenrücken. „Ich fürchte, die Stadt Würzburg benötigt einen neuen Stadtbaurat."

„Waaas? Das ist …?" Elvira legte erschrocken die Hand auf den Mund.

„Ja, das ist Buschwächter. Hier, sieh ihn dir an." Er hielt Elvira Stark die Lampe hin.

Sie winkte betroffen ab. „Danke, nein, wenn du das sagst, genügt mir das vollkommen. Wie kommt der denn hierher? Im Lagerkeller hat er doch eigentlich gar nichts zu suchen."

„Das frage ich mich allerdings auch. Zumal es so aussieht, als wäre ihm diese schlimme Kopfverletzung woanders zugefügt worden."

„Woraus willst du das denn schließen?" Bei aller Erschütterung über den Tod dieses Mannes konnte Elvira ein gewisses kriminalistisches Interesse nicht unterdrücken. In Gegenwart Rottmanns fühlte sie sich sicher.

Der Exkommissar leuchtete nochmals den Kopf des Toten an. „Schau genau hin. Der Schädel und das Gesicht sind zwar blutbesudelt, aber am Boden rings um den Kopf befindet sich kaum Blut. Wenn er hier an Ort und Stelle erschlagen worden wäre, müsste er in einer Blutlache liegen."

Rottmann bat Elvira, Öchsle am Halsband festzuhalten, damit er ihm nicht folgen konnte, dann quetschte er sich an dem Toten vorbei, immer darauf bedacht, ihn nicht zu berühren. Vorsichtig bewegte er sich über das Geröll und die Steine hinweg weiter in den hintern Teil des Kellers. Elvira sah ihn mit der Lampe herumleuchten, dann kam er wieder zurück.

„Dort, hinter der Bretterwand, geht es offenbar weiter. Es sieht fast so aus, als habe man hier einen Gang freigelegt." Er wies auf die herausgebrochenen Mauersteine. Hast du davon gewusst?"

Elvira schüttelte den Kopf. „Keine Ahnung. Bisher gab es hier nur dieses Regal. Ich dachte immer, dahinter ist eine stabile Wand."

Rottmann nickte. „Es sieht so aus, als hätte hier jemand einen Mauerdurchbruch geschaffen. Mit ziemlicher Gewalt, wenn du mich fragst. Das Abbruchmaterial liegt überall verstreut und die Bretter wurden offenbar mit Wucht herausgebrochen. Anscheinend hat der Täter dafür das Wasserrohr dort benutzt." Er zeigte auf das Wasserrohr, das achtlos am Rande der Gesteinsbrocken lag. „Am Boden befinden sich eindeutig Schuhabdrücke. Ich will da jetzt nicht weiter rumtappen, sonst bekomme ich Ärger mit den Kollegen von der Spurensicherung."

„Die könnten von mir sein", warf Elvira kleinlaut ein. „Ich bin zu Herrn Buschwächter gegangen und habe den Puls gefühlt."

Rottmann kniff die Augen zusammen, dann meinte er: „Das muss man den Kollegen sagen, dann können sie deinen Abdruck ausschließen." Er tippte Elvira auf die Schulter. „Komm jetzt bitte. Ich muss die Mordkommission verständigen. Für mich gibt es keinen Zweifel, hier liegt eindeutig eine Gewalttat vor."

Elvira schloss den Lagerkeller ab, dann fuhren sie mit dem Aufzug nach oben und betraten dasselbe Büro, von dem aus Elvira vorhin schon telefoniert hatte. Wenig später hatte Rottmann Florian Deichler am Apparat.

„Erich, das ist jetzt aber nicht dein Ernst, oder? Zwei Leichen an zwei Tagen. Dich sollte man wirklich langsam nicht mehr in die Stadt lassen!"

Rottmann erwiderte darauf nichts. Was sollte er auch sagen? Es war wirklich unglaublich, dass er ständig über Tote stolperte. Rottmann erklärte Deichler, dass er das Rathaus über den

Eingang Karmelitenstraße betreten konnte, dann beendete er das Gespräch. Anschließend drückte Rottmann Elvira den Telefonhörer in die Hand.

„Du musst umgehend jemanden von der Rathausspitze verständigen. Am besten den Pressesprecher. Wenn erst mal die Polizei hier eintrifft, wird es sicher nicht lange dauern, dann steht auch die Presse auf der Matte. Glaub mir, das gibt ein Mordstheater, wenn bekannt wird, dass der Würzburger Stadtbaurat gewaltsam ums Leben gekommen ist. Da muss schnellstens ein Offizieller her. Nicht dass du auch noch Ärger bekommst, weil du zuerst mich geholt hast."

Elvira Stark zögerte kurz, dann suchte sie auf dem Schreibtisch nach der Telefonliste des Rathauses. Auf ihr war auch die Mobiltelefonnummer des Pressesprechers zu finden. Entschlossen wählte sie die Nummer.

Sebastian Krämer, Leiter der Würzburger Mordkommission und Nachfolger von Erich Rottmann, stieg aus seinem Dienstfahrzeug mit den Bewegungen eines Mannes, der sich seiner Wichtigkeit überdeutlich bewusst war. Rottmann, der an der Eingangstür des Rathauses auf die Kollegen gewartet hatte, um sie einzulassen, verzog das Gesicht. Eine Begegnung mit seinem Amtsnachfolger weckte in ihm jedes Mal unangenehme Gefühle. Zuerst wollte er sich darüber ärgern, dass Deichler nichts Eiligeres zu tun gehabt hatte, als seinen Chef zu verständigen. Dann rief sich Rottmann aber zur Ordnung. Deichler hatte gar nicht anders handeln können. Bei einem solch spektakulären Fall musste er seinen Vorgesetzten mit hinzuziehen. Zu Rottmanns aktiver Zeit wäre das nicht anders gewesen.

Krämer warf Rottmann einen ausgesprochen abschätzigen

Blick zu. „Na, Rottmann, haben Sie uns wieder einmal eine Leiche geliefert? Es ist doch höchst merkwürdig, dass ausgerechnet Sie immer wieder mit Todesfällen in Verbindung stehen. Man könnte meinen, dass Sie den Tod richtiggehend anziehen. Ich hoffe nur, dass Sie nicht schon am Tatort herumgefingert und Spuren verwischt oder verfälscht haben." Er drehte sich zu dem hinter ihm stehenden Deichler um. „Haben Sie den Herrn Oberbürgermeister schon verständigt? Bevor wir hier aktiv werden, möchte ich den Hausherrn gerne dabeihaben."

Rottmann musste sich gewaltig zusammennehmen, um diesem Herrn nicht wieder mal gehörig die Meinung zu geigen. Stattdessen sagte er, ohne auf die Bemerkungen seines Nachfolgers einzugehen: „Der Pressesprecher des Rathauses wurde bereits angerufen. Er muss jeden Moment hier eintreffen."

Wie aufs Stichwort kam ein kleiner Sportwagen angerast und hielt mit quietschenden Bremsen neben den Dienstfahrzeugen der Polizei. Die hochgewachsene Gestalt des Pressesprechers schälte sich aus dem Fahrzeug.

„Darf ich fragen, was hier los ist? Frau Stark berichtete, dass sie Herrn Buschwächter tot im Keller aufgefunden hat."

Krämer hob die Hand. „Eins nach dem anderen. Ich nehme an, dass wir nicht umhinkommen, dass uns Herr Rottmann hier zunächst einmal einen kurzen Überblick verschafft. Dann werden wir alle Zivilisten, die hier nichts zu suchen haben, wegschicken. Sie behindern nur die Polizeiarbeit."

Rottmann hatte keinen Zweifel, wen Krämer mit den störenden Zivilisten meinte. Er drehte sich um und marschierte kommentarlos zum Aufzug. Elvira Stark wartete bereits dort mit Öchsle. Krämer und den anderen Männern blieb nichts anderes übrig, als dem Exkommissar zu folgen.

„Moment mal, Rottmann, wo wollen Sie denn hin? Sie sollten uns informieren und sich dann verabschieden."

Wortlos drückte Erich Rottmann auf den Rufknopf des Aufzugs, der sich sofort öffnete. „Wir müssen in den Keller", erklärte er knapp.

„Noch einmal: Sie gehen nirgendwohin", gab Krämer ärgerlich zurück, „das ist Aufgabe der Polizei. Sagen Sie uns, wo wir hinmüssen und was Sie gesehen haben, und dann verschwinden Sie."

Rottmann ignorierte den Beamten und betrat die Kabine. Elvira Stark und Öchsle folgten ihm. Krämer kniff wütend den Mund zusammen, sagte aber nichts mehr, weil er sich vor dem Pressesprecher nicht blamieren wollte. Krämer und der Pressesprecher quetschten sich auch noch in die Aufzugkabine, dann war sie voll. Rottmann gab sich redlich Mühe, mit Krämer nicht in körperlichen Kontakt zu kommen, was bei der Stattlichkeit seiner Figur nicht ganz einfach war, dann drückte er auf den Knopf. Es ging abwärts. Die Leute von der Spurensicherung mussten mit Deichler warten, bis der Aufzug wieder zurückkam.

Wenig später stand die Gruppe vor der Leiche. „Frau Stark hat zuerst mich angerufen, weil sie in der Aufregung nicht wusste, was sie machen sollte", erläuterte Rottmann kurz das Verhalten seiner ehemaligen Jugendfreundin. Er wollte verhindern, dass sie später wegen ihres Verhaltens Ärger bekam. Krämer war alles zuzutrauen.

Der Leiter der Mordkommission warf Elvira Stark einen missbilligenden Blick zu. „Jetzt schildern Sie schon, wie Sie den Toten gefunden haben", forderte er sie barsch auf.

Elvira Stark berichtete, warum sie überhaupt den Keller aufgesucht hatte und wie sie den Toten gefunden hatte. Krämer hörte sich ihre Aussage an und Deichler, der mittlerweile dazugekommen war, machte sich Notizen. Als sie geendet hatte, befahl Krämer: „Nachdem Sie beide bereits den Tatort betreten haben, benötigen wir Ihre Schuhe, damit wir Ihre Spuren von anderen unterscheiden können. Bringen Sie sie morgen mit, wenn Sie zu uns ins Präsidium kommen, damit wir ein Protokoll aufnehmen können. Und jetzt gehen Sie bitte." Er warf Rottmann und Elvira Stark einen stechenden Blick zu. Dann drehte er sich um und ließ die beiden stehen.

Während sich die Männer der Spurensicherung an die Arbeit machten, zogen sich Elvira Stark und Erich Rottmann auf den Kellerflur zurück.

„Sollten wir jetzt nicht gehen?", fragte Elvira leise.

Rottmann schüttelte den Kopf. „Ich möchte erst noch hören, was der Rechtsmediziner sagt. Er muss jeden Moment eintreffen."

Ein paar Minuten später traf, wie Rottmann vorausgesagt hatte, der Arzt aus der Rechtsmedizin ein. Der Pathologe, den Rottmann noch aus seiner aktiven Zeit kannte, begrüßte den Exkommissar freundlich mit Handschlag, dann ging er in den Keller, um den Toten zu untersuchen. Als er einige Zeit später wieder den Lagerraum verließ, fragte Rottmann: „Können Sie schon etwas zur Todesursache sagen?"

Der Arzt zuckte mit den Schultern. „Genaues weiß ich erst, wenn ich den Schädel geöffnet habe. Aber wie es aussieht, wurde ihm von hinten mit einem schweren, vermutlich spitzen Gegenstand der Schädel eingeschlagen. Allerdings dürfte der Auffindeort nicht der Tatort sein. Da ist viel zu wenig Blut vorhanden."

Rottmann nickte, weil sein Verdacht bestätigt worden war. „Todeszeitpunkt?"

„Schwer zu sagen. Aber angesichts der kühlen Temperatur im Keller und des Zustandes der Leiche würde ich annehmen irgendwann in der letzten Nacht."

Rottmann bedankte sich bei dem Pathologen, der wieder mit dem Aufzug nach oben fuhr.

In diesem Augenblick kam Deichler auf den Kellerflur. „Erich, du bist ja noch hier." Er zögerte einen Augenblick, dann fuhr er mit gesenkter Stimme fort: „Erich, Krämer will dich morgen persönlich vernehmen. Er will vor allen Dingen wissen, ob du für den möglichen Todeszeitpunkt von Buschwächter ein Alibi hast. Das gilt auch für Sie, Frau Stark. Tut mir leid, Erich, aber du kennst ihn ja."

Rottmann legte seinem ehemaligen Mitarbeiter die Hand auf die Schulter. „Mach dir nichts draus. Was glaubst du, wie dumm der schaut, wenn er erfährt, dass mein Alibi darin besteht, dass ich gestern Nacht schon mal eine Leiche gefunden habe."

Elvira Stark und Erich Rottmann fuhren nach oben. Dort verabschiedeten sie sich voneinander. Elvira wollte nach Hause gehen. Nach den aufregenden Erlebnissen der letzten Stunde fühlte sie sich nicht mehr in der Lage zu putzen und Papierkörbe auszuleeren.

Wenig später waren Erich Rottmann und sein Hund auf dem Weg zum Weindorf. Bevor er um die nächste Straßenecke bog, warf Rottmann noch einmal einen Blick zurück. Da erkannte er das rote Auto von Christian Schöpf-Kelle, dem rasenden Reporter, das mit quietschenden Bremsen hinter einem der Polizeifahrzeuge zum Stehen kam. Rottmann schüttelte den Kopf. Bestimmt hatte der raffinierte Bursche wieder den Polizeifunk abgehört. Heute würde er wohl nicht viel ausrichten können. Krämer war kein pressefreundlicher Mensch – es sei denn, es ging um seine eigene Person.

Tags darauf wurde die erste Seite der Main-Postille von dem Leichenfund im Grafeneckart beherrscht. Trotz spärlicher Informationen hatte Schöpf-Kelle seine Chance genutzt und einen reißerischen Artikel verfasst, der an Dramatik nichts zu wünschen übrig ließ. Vielen Würzburgern, die die neuesten Nachrichten zum Frühstück lasen, blieb das Brötchen im Halse stecken. Die Tatsache, dass der Stadtbaurat Buschwächter unter extrem mysteriösen Umständen ums Leben gekommen war, schlug in der Mainmetropole und der gesamten mainfränkischen Umgebung wie eine Bombe ein. Vor dem Hintergrund dieses sensationellen Ereignisses verblasste die Meldung vom Vortag über den Fund eines toten Wachmanns auf dem Marktplatz völlig. Auch der Artikel über ein Transparent am Petrinihaus war durch diese Topmeldung für die Mainfranken nur noch von untergeordneter Bedeutung.

Nicht so für die Kriminalpolizei, die intensiv nach den unbekannten Transparenttätern fahndete, weil die Ermittler den Verdacht hegten, dass diese mit dem Tod des Sicherheitsmannes etwas zu tun haben könnten. Zumindest kamen sie als Zeugen für diesen Vorfall in Frage. Die Ermittler waren den Wilden Alten auf der Spur.

Dies erzählte Florian Deichler unter dem Siegel der Verschwiegenheit seinem ehemaligen Chef, als dieser, Öchsle und Elvira Stark am nächsten Morgen in den Räumen der Mordkommission erschienen, um ihre Aussagen zu Protokoll zu geben. Wunschgemäß brachten sie die Schuhe mit, die sie tags zuvor getragen hatten.

„Die will ich aber schleunigst wieder zurück", forderte Rottmann, als er dem Kriminalbeamten die Plastiktüte überreichte. „Das sind meine bequemsten Treter. Die hab ich seit sechs Jahren." Tatsächlich trug der Exkommissar heute statt geschlossener Schuhe ein Paar total ausgetretene Sandalen.

Deichler musterte die zerknautschten Schuhe in der Tüte mit einem kritischen Blick, dann schloss er die Tragetasche mit gerümpfter Nase. „Das merkt man auch", gab er grinsend zurück. Dann wurde er wieder ernst. „Erich, tut mir leid, aber ich muss dir von Herrn Krämer ausrichten, dass du bitte draußen auf dem Flur noch einen Augenblick warten sollst. Herr Krämer wird dich dann zu sich ins Büro rufen. Er ist im Augenblick noch beschäftigt … hat er jedenfalls gesagt. Die Aussage von Frau Stark werde ich aufnehmen." Er bat Elvira, an seinem Schreibtisch Platz zu nehmen.

Erich Rottmann runzelte die Stirn. „*Bitte* hat er bestimmt nicht gesagt. Der Herr möchte offenbar ein kleines Machtspielchen versuchen", brummelte er. Aber dann zuckte er mit den Schultern, winkte Elvira kurz zu und verließ mit Öchsle im Gefolge wieder das Büro.

Deichler sah ihm besorgt hinterher. Rottmann war äußerlich verdächtig ruhig geblieben. So wie Deichler seinen Exchef kannte, musste er doch auf hundertachtzig sein.

Erich Rottmann nahm auf einem der Stühle direkt vor Sebastian Krämers Büro Platz. Öchsle legte sich darunter. Einige Polizeibeamte, die Rottmann kannten, eilten grüßend vorbei. Rottmann fixierte mit zusammengekniffenen Augen das Namensschild neben der Tür, hinter der einmal sein Büro gewesen war. Als der Flur leer war, griff Erich Rottmann in seine

Joppentasche und holte im Zeitlupentempo seine Bruyère heraus. Mit einem spitzbübischen Grinsen im Gesicht zündete er die bereits fertig gestopfte Pfeife an. Sekunden später stieß er dichte Rauchwolken in Richtung Krämers Büro aus. Rottmann wusste noch gut, dass die Türen nicht dicht waren. Es war nur eine Frage der Zeit, bis eine Reaktion auf seinen Dampf erfolgen würde. Rottmann wusste natürlich, dass in allen öffentlichen Gebäuden seit einiger Zeit absolutes Rauchverbot herrschte, an das er sich normalerweise auch hielt. Wie gesagt, normalerweise.

Es dauerte nicht lange und die Bürotür gegenüber wurde mit einem Ruck aufgerissen. Sebastian Krämer kam mit wütender Miene auf den Flur gestürmt.

„Hätte ich mir doch denken können", rief er mit bebender Stimme, „dass sich ein Erich Rottmann nicht an Gesetz und Ordnung halten kann! Hunde und Rauchen sind hier absolut verboten! Machen Sie auf der Stelle diese Stinkmorchel aus, sonst lasse ich Sie aus dem Gebäude werfen!"

Rottmann sah seinen zornigen Amtsnachfolger mit unschuldiger Miene an. „Ach du meine Güte, jetzt hab ich doch total vergessen, dass man hier nicht mehr rauchen darf. Tut mir wirklich leid! Aber das sind nun mal die alten Gewohnheiten. So was Dummes auch!"

„Tun Sie doch nicht so scheinheilig! Das ist reine Absicht! Sie sind … Sie sind ein impertinentes …" Er war so erregt, dass ihm die Worte fehlten.

„Richtig, ich bin hier, um meine Aussage zu Protokoll zu geben. Wie man mir gesagt hat, habe ich die Ehre, von Ihnen persönlich vernommen zu werden. Darf ich jetzt reinkommen?"

Sebastian Krämer kniff den Mund zusammen. Er hörte natürlich den Spott aus Rottmanns Äußerungen heraus, riss sich dann aber zusammen, weil er die Aussage seines Amtsvorgängers benötigte. „Machen Sie Ihre Pfeife aus, dann können Sie herein." Er drehte sich um und ging zurück in sein Büro. Die Tür fiel knallend ins Schloss.

Rottmann nahm den Pfeifenstopfer und drückte so lange auf die Glut, bis sie erstickt war. Dann steckte er die Bruyère grinsend ein. Sie hatte ihren Zweck bestens erfüllt. „Komm, Öchsle", flüsterte er, „tun wir unsere Pflicht. Mal sehen, wie wir den Kreislauf meines Herrn Nachfolgers noch ein bisschen auf Trab bringen können."

Öchsle trippelte gelassen hinter seinem Menschen her.

Krämer brachte die Vernehmung zwar mit eisiger Miene, aber wider Erwarten professionell hinter sich. Rottmann hielt sich ebenfalls zurück und konnte nach zwanzig Minuten die Unterschrift unter das Protokoll setzen. Auch die Tatsache, dass Rottmann eigentlich kein Alibi hatte, weil er nach dem Leichenfund alleine in seiner Wohnung gewesen war und geschlafen hatte, ließ der Leiter der Mordkommission erstaunlicherweise unkommentiert.

Nachdem Rottmann Krämers Büro wieder verlassen hatte, blieb er kurz stehen und warf einen leicht verwunderten Blick zurück. Was war das jetzt? Begann sein Nachfolger zu schwächeln? Er zuckte mit den Schultern, dann klopfte er an Deichlers Tür und steckte den Kopf hinein.

„Wie sieht es aus, ihr beiden Hübschen, seid ihr fertig?"

Elvira saß noch immer neben dem Schreibtisch des Kriminalbeamten, der eifrig in die Tastatur hämmerte. „Kann noch etwas dauern", erklärte er beiläufig.

„Ich denke, ihr kommt auch ohne meine Hilfe klar", stellte Rottmann fest. „Ich geh dann schon mal." Er winkte den beiden zu und marschierte in Richtung Ausgang. Nachdem Rottmann das Polizeigebäude verlassen hatte, wandte er sich nach rechts, weil er Öchsle vor dem Stammtisch noch Gelegenheit zum Auslauf am Mainufer geben wollte.

Kurz bevor er abbog, veranlasste ihn ein unbestimmter Impuls, einen Blick hinter sich zu werfen. Seine Augenbrauen zuckten verwundert in die Höhe, als er drei Personen auf den Eingang der Polizeidirektion zumarschieren sah, die ihm bestens bekannt waren. Es handelte sich um die Stadträte Fettschräuble, Nabenschlager und Zünder. Auf den Gesichtern der drei Männer spiegelte sich deutliche Anspannung wider. Rottmann fragte sich, was die drei Männer wohl bei der Polizei zu suchen hatten. Da er mit Nabenschlager befreundet war, wollte er schon auf sich aufmerksam machen, unterließ es dann aber. Ein unbestimmtes Gefühl sagte ihm, dass der Herr Stadtrat im Augenblick nicht angesprochen werden wollte.

Am Abend ging es auf dem Weindorf hoch her. Das schöne Wetter und das bevorstehende Wochenende hatten viele Besucher angelockt. Die Weinlauben quollen über vor Menschen. Die Gäste, die keinen Sitzplatz mehr bekommen hatten, standen zwischen den Lauben und genossen dort ihren Wein.

Die *Schoppenfetzer* hatten sich in der Weinlaube des Juliusspitalweingutes getroffen. Alle hatten schon ein paar ordentliche Schoppen intus und entsprechend gut war die Stimmung. Es war so laut, dass man sich nur mit erhobener Stimme unterhalten konnte. Öchsle hatte Mühe, zwischen den zahllosen Füßen einen halbwegs sicheren Platz zu ergattern.

Erich Rottmann, Dr. Ritter, ehemaliger Oberstaatsanwalt, und Ron Schneider, emeritierter Seniorpartner einer großen Anwaltskanzlei, diskutierten gerade lautstark über das Ableben des Stadtbaurats, als sich eine Hand auf Rottmanns Schulter legte. Er hob erstaunt den Kopf. Hinter ihm stand Georg Nabenschlager.

„Hey, Schorsch“, rief Rottmann erfreut und erhob sich schwerfällig. Der Platz zwischen den Bänken war eng und die dicht beisammensitzenden Gäste ließen wenig Bewegungsspielraum. „Willst du dich zu uns setzen?“

„Grüß dich, Erich“, gab Nabenschlager zurück, „tut mir leid, dass ich dich hier störe, aber ich wäre dir dankbar, wenn ich dich mal einen Augenblick sprechen könnte.“

Obwohl Rottmann schon ein paar Schoppen getrunken hatte, war ihm sofort klar, dass Nabenschlager ihn nicht gestört hätte, wenn es nicht einen wichtigen Grund gegeben hätte.

Rottmann entschuldigte sich kurz bei seinen Stammtischbrüdern, dann stieg er über die Bank. Öchsle erhob und schüttelte sich. Er war froh, sich bewegen zu können.

„Komm, gehen wir ein wenig zur Seite“, schlug Nabenschlager vor und drängelte sich, ohne auf eine Antwort seines Freundes zu warten, durch das Gewühl in Richtung Falkenhaus, wo es deutlich ruhiger war.

„Was kann ich für dich tun?“, fragte Rottmann, als Nabenschlager sich ihm mit ernster Miene zuwandte.

„Erich, du wirst es nicht glauben, aber man will mir einen Mord anhängen!“

Erich Rottmann verschlug es die Sprache. Er riss die Augen auf und starrte Nabenschlager verständnislos an.

„Genauer gesagt, bezichtigt mich dein Amtsnachfolger Krämer des Mordes, oder zumindest des Totschlags, wie er sagte. Wenn ich ganz genau bin, dann bezichtigt er nicht nur mich dieser Straftat. Außer mir hat er noch andere Stadtratskollegen im Visier.“

Der Exkommissar hob beide Hände. „Jetzt mal langsam, Schorsch. Ich versteh immer nur Mord. Bin ich so blau, dass ich Hörprobleme habe, oder bist du so betrunken, dass du solchen Mist erzählst?“

„Schön wär's", gab der alte Stadtrat zurück. „Es geht um den Toten am Marktplatz. Wir waren heute in der Polizeidirektion bei Herrn Krämer und haben so eine Art Selbstanzeige erstattet. Er hat uns dann gleich als Verdächtige vernommen."

Erich Rottmann blickte auf seine Armbanduhr. Die Zeit war schon fortgeschritten. In einer Dreiviertelstunde würde der Weinausschank auf dem Weindorf eingestellt werden. Dann würden auch die Schoppenfetzer auseinandergehen.

„Pass auf, Schorsch", schlug Rottmann vor, „wir verschwinden von hier und suchen uns einen Platz, wo wir uns in Ruhe unterhalten können."

„Ja, aber dein Stammtisch …"

Rottmann winkte ab. „Wenn ein Freund in Schwierigkeiten ist, gibt es nichts Wichtigeres."

Sie verließen den Marktplatz über eine Seitengasse. Öchsle hielt sich dicht in Rottmanns Nähe. Er spürte die plötzliche Anspannung seines Menschen.

Auf einer Sitzbank vor der Augustinerkirche ließen sie sich nieder. Hier waren sie ungestört. Die wenigen Passanten, die um diese Uhrzeit noch unterwegs waren, kümmerten sich nicht um die beiden älteren Herren. Rottmann kramte seine Pfeife hervor und zündete sie an.

„Also, mein Freund, jetzt lass mal hören, was dir auf der Seele brennt. Aber bitte von vorn. Krämer wird ja wohl einen Grund haben, wenn er eine derartige Ungeheuerlichkeit behauptet."

Georg Nabenschlager atmete tief durch, dann begann er zu berichten. Rottmann hörte ihm aufmerksam zu.

„Wir alten Stadträte saßen bei einem Schoppen zusammen und haben diskutiert. Dabei sind wir uns über die Parteigrenzen hinweg einig gewesen, dass man gegen diese unserer Meinung nach unsensible Städtebauplanung der Würzburger

Bauverwaltung etwas Spektakuläres unternehmen muss. Das haben wir mit dem Banner am Petrinihaus dann auch getan. Du kannst mir glauben, mit dem Tod dieses bedauernswerten Wachmanns haben wir absolut nichts zu tun."

Rottmann wandte sich Nabenschlager zu. „... und da seid ihr alten Dackel tatsächlich an der Fassade des Petrinihauses hochgeklettert und habt dieses Transparent aufgehängt? Ich fasse es nicht! Was sollte das eigentlich mit den Wilden Alten?"

Nabenschlager machte eine wegwerfende Handbewegung. „Das ist eine nicht sehr freundlich gemeinte Bezeichnung, die uns die ehemalige Oberbürgermeisterin einmal in einer Stadtratssitzung gegeben hat. Da haben Fettschräuble, Schlossisweg und ich gegen eine unserer Meinung nach unsinnige Beschlussvorlage opponiert. Als wir die Sache mit dem Transparent planten, dachten wir, das wäre eine passende Unterschrift."

„Ihr seid wirklich von allen guten Geistern verlassen. Ihr hättet euch das Genick brechen können! Trotzdem, die Aktion war echt stark!"

„Das klingt wirklich schlimmer, als es ist. Die Außenfassade dieses Hauses ist so konstruiert, dass man sie ohne größere Schwierigkeiten ersteigen kann. Fettschräuble ist Mitglied im Deutschen Alpenverein und hat sich dort zwei Kletterausrüstungen ausgeliehen. Er und Zünder sind raufgeklettert, Kollegin Schlossisweg und ich haben aufgepasst, dass uns niemand erwischt. Eine gute halbe Stunde, dann war die ganze Sache beendet. Ich schwöre dir, von dem Wachmann haben wir die ganze Zeit nichts gesehen."

Rottmann stieß ein paar dichte Rauchschwaden aus. Was sein Freund Nabenschlager ihm da erzählte, war wirklich starker Tobak. Das musste er erst einmal verdauen.

Nabenschlager trommelte nervös mit den Fingerspitzen auf seinen Oberschenkeln herum. Von der Juliuspromenade her kam eine Gruppe junger Menschen, die laut lachend über den Dominikanerplatz marschierte. Als sie vorüber war, unterbrach er das Schweigen: „Erich, wir, ich meine die Stadtratskollegen und ich, befinden uns in einer äußerst prekären Lage. Ich habe das Gefühl, dass dieser Krämer richtig scharf darauf ist, uns etwas anzuhängen. Kannst du dir vorstellen, was los ist, wenn die Presse davon Wind bekommt, dass wir unter dem Verdacht stehen, diesen Wachmann umgebracht zu haben?"

Rottmann streichelte Öchsle nachdenklich über den Kopf. „Schorsch, Krämer ist kein völliger Idiot. Ich denke, dass es ihm einfach nur tierische Freude bereitet, euch Stadträte ein bisschen zappeln zu lassen. Er liebt solche Machtspielchen. Ihm ist sicher auch klar, dass ihr mit dem Tod des Mannes nichts zu tun habt. Also, mach dich mal nicht verrückt."

„Könntest du nicht ein paar diskrete Nachforschungen anstellen?", erwiderte Nabenschlager. „Du hast doch die entsprechenden Verbindungen. Vielleicht ließe sich dann die ganze Angelegenheit aus der Presse raushalten."

Erich Rottmann sah den Freund mit schrägem Blick an, dann legte er ihm die Hand auf die Schulter. „Wenn ich ehrlich bin, würde mich die Angelegenheit schon reizen. Und erst recht, wenn es nur darum geht, meinem Freund Krämer eins auszuwischen." Er lachte leise.

Nabenschlager atmete erleichtert auf. „Erich, da bin ich dir … ich meine, da sind wir dir wirklich außerordentlich dankbar. Wenn du irgendwelche Informationen benötigst, lass es mich wissen. Ansonsten weißt du ja, wie du mich erreichen kannst. Wann denkst du, dass du uns etwas sagen kannst?"

Erich Rottmann klopfte seine Pfeife an der Kante der Bank aus, dann erhob er sich. Öchsle sprang auf und streckte sich genüsslich.

„Schorsch, ein paar Tage musst du mir schon geben. Du

kannst dich aber darauf verlassen, sobald ich was weiß, ruf ich dich an."

Die beiden Männer gingen noch ein Stück des Weges gemeinsam, bis sie sich auf Höhe Maulhardgasse trennten. Nabenschlager lief in Richtung Spiegelstraße, während Rottmann den Unteren Markt ansteuerte.

Das Weindorf hatte sich mittlerweile stark geleert. Vereinzelt standen noch einige besonders feierfreudige Besucher herum. In den Händen hielten sie Weinflaschen, die sie untereinander kreisen ließen.

Als Rottmann an der letzten Weinhütte vorbeikam, vor der er den toten Wachmann gefunden hatte, begann Öchsle zu knurren.

„Ist ja gut, mein Bester", brummelte der Exkommissar beruhigend. Selbstverständlich hatte der Reinigungsdienst, der für die Sauberkeit des Weindorfes zuständig war, die Blutlache schon lange entfernt, aber die Nase des Rüden witterte auch noch die feinsten Spuren.

Elvira Stark hatte die ganze Nacht kaum ein Auge zugetan. Der Anblick des toten Stadtbaurats ging ihr nicht aus dem Kopf. Sie musste an Erich Rottmann denken, der sein ganzes Berufsleben lang mit Leichen zu tun gehabt hatte. Sie konnte nicht verstehen, wie er das ohne seelischen Knacks überstanden hatte.

Elvira hatte zu Mittag gegessen, ihre Wohnung in Ordnung gebracht und wollte nun noch einige Besorgungen machen, bevor sie ins Rathaus zur Arbeit gehen würde. Als sie gerade nach dem Schlüsselbund griff, klingelte das Telefon.

„Hier Schöpf-Kelle", meldete sich der Anrufer. „Hallo, Frau Stark."

Elvira war sofort hellwach. Natürlich wusste sie, um wen es sich bei dem Anrufer handelte. Sie konnte sich auch denken, warum er anrief.

„Schön, dass ich Sie erreiche", fuhr Schöpf-Kelle fort. „Sie wissen ja sicher, dass ich für die Main-Postille arbeite und erfahren habe, dass Sie diejenige waren, die den verstorbenen Baureferenten gefunden hat. Selbstverständlich haben unsere Leser ein Recht auf eine authentische Berichterstattung. Deshalb hätte ich Ihnen gerne, wenn Sie damit einverstanden sind, ein paar Fragen gestellt."

„Ich bin gerade auf dem Sprung in die Stadt …", unternahm Elvira einen halbherzigen Versuch, den Journalisten abzuwimmeln.

„Das trifft sich ja prima", freute sich Schöpf-Kelle. „Da darf ich Sie doch zu einer Tasse Kaffee einladen? Was halten Sie davon, wenn wir uns in einer halben Stunde im Café Michel am Markt treffen? Ich verspreche Ihnen, es wird auch nicht lange dauern."

Elvira zögerte einen Augenblick, dann gab sie nach. Ein wenig eitel war sie schon. „Also gut, aber versprechen Sie sich nicht zu viel. Außerdem will ich nicht, dass mein Name genannt wird. Schließlich bin ich im Rathaus angestellt und da möchte ich nicht, dass …"

„Alles, was Sie wollen", unterbrach sie Schöpf-Kelle. „Ich benötige nur einige Hintergrundinformationen. Also, dann bis gleich." Schöpf-Kelle legte auf.

Elvira sah den Hörer nachdenklich an. Sie wurde das Gefühl nicht los, auf dem besten Weg zu sein, einen Fehler zu machen. Schließlich zuckte sie mit den Schultern. Sie konnte ja erst mal hören, was der Journalist wissen wollte. Dann verließ sie ihre Wohnung und nahm vorsichtshalber auch die Schlüssel für das Rathaus mit. Womöglich würde sie vor der Arbeit nicht mehr nach Hause kommen.

Als Elvira Stark die obere Etage des Café Michel betrat, von der aus man einen schönen Blick auf die Weinlauben des Weindorfes am Oberen Markt hatte, war Schöpf-Kelle schon da. Elvira, die ihm noch nie persönlich begegnet war, kannte ihn von dem Bild aus der Main-Postille, das regelmäßig neben seinen Artikeln prangte. Woher er sie kannte, wusste sie nicht. Jedenfalls winkte er ihr gleich zu. Als sie an den kleinen Tisch am Fenster trat, stand er auf und gab ihr die Hand. „Schön, dass Sie sich Zeit genommen haben", säuselte er überfreundlich. Elvira grüßte zurückhaltend zurück. Für ihren Geschmack war Schöpf-Kelle etwas zu süßlich.

„Was darf ich Ihnen bestellen?", fragte er, als die auf seinen

Wink an den Tisch gekommene Bedienung sie fragend ansah.

„Einen Cappuccino, bitte", erwiderte Elvira Stark und stellte ihre Handtasche auf den Stuhl neben sich.

„Liebe Frau Stark", kam Schöpf-Kelle gleich zur Sache, wobei er Notizblock und Kugelschreiber aus seiner Umhängetasche nahm. „Wie bereits gesagt, benötige ich einige Hintergrundinformationen aus erster Hand, damit ich meine weitere Berichterstattung über den doch sehr fragwürdigen Tod unseres Herrn Baureferenten unterfüttern kann. Sie werden verstehen, dass das unsere Leser brennend interessiert. Schließlich geschieht so ein Verbrechen nicht jeden Tag in unserer Stadt." Er beugte sich zu Elvira hinüber. „Schildern Sie mir doch bitte, wie Sie auf die Leiche gestoßen sind. Wenn ich richtig informiert bin, sind Sie Reinemachefrau im Grafeneckart und haben folglich zu allen Räumlichkeiten Zutritt. Es muss ja einen Grund gegeben haben, warum Sie in den Keller gegangen sind."

Elvira überlegte kurz, konnte an der Frage aber nichts Verdächtiges entdecken. In diesem Augenblick kam die Bedienung an den Tisch und brachte den Cappuccino. Vor Schöpf-Kelle stellte sie ein Mineralwasser ab. Nachdem sie wieder gegangen war, begann Elvira Stark zu erzählen. Der Journalist machte sich eifrig Notizen. Hin und wieder stellte er eine ergänzende Frage, sonst unterbrach er Elvira nicht. Als sie Erich Rottmann erwähnte, zog er kurz die Augenbrauen in die Höhe. Seine Erfahrungen mit dem ehemaligen Leiter der Mordkommission waren nicht ungetrübt.

„Tja, dann kam auch schon die Polizei und wir haben wenig später das Rathaus verlassen." Sie nahm einen Schluck aus ihrer Tasse.

Schöpf-Kelle studierte kurz seine Notizen, dann fragte er: „Angeblich soll die Leichenfundstelle ja der Eingang eines geheimen Ganges sein. War Ihnen davon etwas bekannt?"

Elvira schüttelte den Kopf. „An der Stelle stand immer ein Regal. Ich habe keine Ahnung, wer den Zugang freigeräumt hat und warum."

Der Journalist nickte. „Verstehe."

Elvira Stark sah auf ihre Armbanduhr. „Wenn Sie keine Fragen mehr haben, würde ich mich jetzt gerne entschuldigen. Ich habe wie gesagt noch einige Besorgungen zu machen. Anschließend muss ich zur Arbeit." Sie erhob sich. „Ich gehe mich mal kurz frisch machen. Sind Sie so nett und passen einen Moment auf meine Einkaufstasche auf?" Sie verschwand in Richtung Toiletten.

Christian Schöpf-Kelle schob seine Sachen zusammen. Dabei stieß er ungeschickt gegen Elviras Einkaufstasche, deren Inhalt auf den Boden fiel. Der Journalist bückte sich schnell und räumte die Sachen wieder hinein. Die anderen Gäste und die Bedienung hatten diesen kleinen Zwischenfall offenbar nicht mitbekommen. Als Elvira zurückkam, stand die Tasche wieder an ihrem Platz.

Ein paar Minuten später verabschiedete sich Elvira Stark und ließ sich von Schöpf-Kelle noch einmal ausdrücklich versichern, dass er sie nicht als Quelle seiner Informationen nennen würde. Schöpf-Kelle wollte, wie er sagte, noch einen Augenblick bleiben, um seine Notizen zu ergänzen.

Als Elvira Stark am Nachmittag das Rathaus betrat und dort die Putzkammer aufschließen wollte, suchte sie in ihrer Handtasche vergeblich nach ihrem Schlüsselbund. Verwundert wühlte sie noch einmal alles durch, weil sie sicher war, diese Schlüssel zuhause eingesteckt zu haben. Alles war da, nur die gesuchten Schlüssel nicht. Lagen sie vielleicht doch noch zuhause? An diesem Bund befand sich auch ein Generalschlüssel, mit dem sie alle Büros aufschließen konnte. Sie hatte nach dem Gespräch mit Schöpf-Kelle einige Geschäfte aufgesucht. War ihr der Schlüssel vielleicht aus der Handtasche gestohlen worden? Nicht auszudenken, wenn er in falsche Hände kam! Aber was sollte ein Dieb damit anfangen? Dazu hätte er doch wissen müssen, wozu diese Schlüssel dienten. Eher unwahrscheinlich.

Elvira überlegte, ob sie den Verlust sofort bei der Hausverwaltung melden sollte, entschloss sich dann aber dagegen. Es bestand ja immer noch die Möglichkeit, dass sie den Bund daheim liegen gelassen hatte. Kurz entschlossen drehte sie sich um und verließ den Grafeneckart wieder. Sie musste nach Hause, um sich Gewissheit zu verschaffen.

Als sie ihre Wohnung in der Rosengasse betrat, fiel ihr sofort das Blinken des Anrufbeantworters auf. Es war eine Nachricht aufgesprochen. „Hallo, hier ist das Café Michel. Sie haben bei uns einen Schlüsselbund liegen gelassen. Ein Gast hat ihn gefunden. Sie können ihn bei uns an der Ladentheke abholen."

Elvira ließ sich auf ihren Sessel fallen. Einerseits fiel ihr ein Stein vom Herzen, andererseits konnte sie sich nicht vorstellen, wie der Schlüsselbund aus ihrer Einkaufstasche gelangt war. Zum Glück hatte sie auf die Innenseite des Lederetuis ihre Telefonnummer geschrieben. Sie erhob sich und verließ ihre Wohnung wieder. Irgendwie wurde sie das Gefühl nicht los, dass Christian Schöpf-Kelle bei der ganzen Sache seine Finger im Spiel hatte.

Wer Erich Rottmann kannte, wusste, dass er jeden Auftrag konsequent verfolgte. Das hatte ihm während seiner aktiven Zeit in einschlägigen Kreisen die respektvolle Bezeichnung „der Terrier" eingebracht.

In diesem speziellen Fall war klar, dass er besonders motiviert war. Sein Amtsnachfolger war für ihn ein rotes Tuch.

Daher wollte er nur zu gern alles unternehmen, um ihm ein bisschen ans Bein zu pinkeln. Für Rottmann war klar, dass Krämer keine Sekunde daran glaubte, Nabenschlager und dessen Kollegen könnten am Tod des Wachmanns irgendeine Schuld tragen. Krämer liebte es einfach, seine Macht zu demonstrieren.

Am nächsten Morgen rief Erich Rottmann im Institut für Rechtsmedizin an. Die Sekretärin, Frau Schinkinger, kannte Rottmann noch aus seinem Berufsleben. Die beiden hatten sich schon immer gut verstanden. Sie erkundigten sich gegenseitig nach dem jeweiligen Wohlbefinden, dann kam der Exkommissar auf den eigentlichen Grund seines Anrufs. „Sagen Sie, Frau Schinkinger, ist mein Freund Meyer zu sprechen?"

Die Sekretärin lachte. „Lieber Herr Rottmann, das habe ich mir fast gedacht, dass Sie mich nicht nur aus purer Freundlichkeit angerufen haben. Leider muss ich Sie enttäuschen. Unser Herr Präparator ist im Augenblick nicht im Hause. Er hat einen Termin in seiner Kfz-Werkstatt."

Rottmann bedankte sich bei der Sekretärin und erklärte, dass er vielleicht später noch einmal anrufen würde. Er legte das Telefon beiseite, dann zog er kurz entschlossen sein Mobiltelefon aus der Jacke und suchte unter den abgespeicherten Rufnummern die Handynummer von Meyer heraus. Wenn Meyer in der Stadt war, war vielleicht kurzfristig ein Treffen möglich und er, Rottmann, konnte sich eine Fahrt zum Institut für Rechtsmedizin sparen.

Es dauerte nur ein paar Sekunden, dann meldete sich Meyer. „Ja, der Erich Rottmann!", schrie der Mann ins Telefon, als wolle er die Entfernung zwischen den beiden Handys mit seiner Stimme überbrücken. „Was treibt dich denn an mein Ohr?"

„Frau Schinkinger hat mir gesagt, dass du in der Stadt bist.

Da dachte ich, dass wir uns vielleicht wieder mal treffen könnten, solange dein Auto in der Werkstatt ist."

Meyer lachte. „Erich, sei ehrlich, du rufst mich doch nicht an, um mit mir ein Schwätzchen zu halten. Wahrscheinlich willst du mich nur wieder anzapfen."

Rottmann brummelte: „… und wenn es so wäre?"

„Kein Problem. Ich habe eine Dreiviertelstunde Zeit, dann muss ich wieder ins Institut. Es stehen heute noch ein paar Obduktionen auf dem Plan. Also, sag wo. Ich stehe gerade in der Münzstraße vor der Werkstatt."

Rottmann überlegte kurz, dann erwiderte er: „Schräg gegenüber ist doch ein Straßencafé. In knapp zehn Minuten bin ich dort."

Als Rottmann mit Öchsle anmarschiert kam, hatte es sich Meyer schon in einem der Sessel bequem gemacht. Die Kellnerin servierte ihm gerade einen Kaffee.

Rottmann gab Meyer die Hand, dann ließ er sich ihm gegenüber nieder. Während er ebenfalls einen Kaffee bestellte, verkrümelte sich Öchsle unter Rottmanns Sessel.

„Lass mich raten", sagte Meyer, „du kannst es nicht erwarten, zu erfahren, was die Ursache für das plötzliche Ableben unseres geschätzten Stadtbaurats war."

Der Exkommissar schmunzelte. „Ich habe schon immer gewusst, dass du Gedanken lesen kannst." Er machte eine kleine Pause, dann fuhr er fort: „Aber da ist noch etwas. Kannst du mir sagen, was an dem Gerücht dran ist, dass der Wachmann, den ich auf dem Marktplatz gefunden habe, ermordet wurde?"

Meyer warf Erich Rottmann einen erstaunten Blick zu. „So, du hast den Mann gefunden! Dann will dir wohl der Krämer etwas ans Zeug flicken?" Selbstverständlich wusste der Präparator von Rottmanns speziellem Verhältnis zu seinem Nachfolger.

„Nicht ganz“, gab der Exkommissar zurück. „Es sind da ein paar andere wichtige Leute betroffen, denen die ganze Angelegenheit ziemlich unangenehm ist.“

Meyer nahm einen Schluck Kaffee, dann zuckte er mit den Schultern. „Geht mich ja auch nichts an.“ Er setzte sich bequem zurück. „Also, was den Wachmann betrifft: Er ist an einem gewöhnlichen Herzinfarkt verstorben. Es gab keinerlei äußere Gewalteinwirkung. Von einem Verbrechen wie Mord oder Totschlag kann also gar keine Rede sein.“

Rottmann zog die Augenbrauen in die Höhe. „Als ich ihn aber gefunden habe, lag er in einer Blutlache und blutete heftig aus einer Kopfwunde.“

„Kann schon sein“, gab Meyer zurück. „Wir haben auch eine große Platzwunde am Kopf festgestellt. Sie stammt aber mit an Sicherheit grenzender Wahrscheinlichkeit von dem Sturz nach dem Infarkt. Er ist offenbar hart auf den Asphalt aufgeschlagen und hat sich dabei die Kopfverletzung zugezogen. Sie war aber definitiv nicht ursächlich für seinen Tod. Der ist kurz vorher eingetreten. Warum er allerdings einen Herzinfarkt erlitten hat, können wir natürlich nicht feststellen. Wir haben sein Blut untersucht. Er hatte eine nicht unerhebliche Menge Alkohol konsumiert. Vielleicht hat er sich am Weindorf die Reste aus den Flaschen gegönnt.“ Wieder ertönte Meyers meckerndes Lachen.

Rottmann hatte immer wieder Probleme, den skurrilen Humor des Mannes zu verstehen. Aber wahrscheinlich konnte er anders die Belastungen seines Jobs nicht ertragen. Wieder ernst geworden ergänzte er: „Weiß der Himmel, möglicherweise hat er sich sehr erschreckt. Auch ein solcher Schock kann bei entsprechender Vorschädigung genügen, um einen Infarkt auszulösen. Das kann man hinterher nicht mehr feststellen.“

Rottmann überlegte einen Augenblick, dann fragte er:

„Wann habt ihr das Ergebnis der Obduktion Krämer mitgeteilt?“

„Schriftlich bekommt er es noch. Mein Chef hat ihn aber gleich nach der Leichenöffnung angerufen. Er ist also frühzeitig informiert worden.“

Wahrscheinlich, überlegte Rottmann, wusste Krämer also schon Bescheid, dass Fremdverschulden ausgeschlossen war, als er die Stadträte bei sich antreten ließ. Wie Rottmann vermutet hatte. Typisch Krämer!

„Mit Buschwächter verhält es sich allerdings etwas anders“, fuhr Meyer fort. „Zunächst einmal ist der Fundort nicht der Tatort. Den hat die Spurensicherung dann später, nachdem sie den Gang provisorisch gesichert hatte, gefunden. Als er am Fundort abgelegt wurde, war er schon ziemlich ausgeblutet. Im Gang befinden sich Schleifspuren und Anhaftungen aus der Kopfwunde.

Die Todesursache ist eindeutig: Er hat einen ordentlichen Schlag mit einem schweren, kantigen Gegenstand auf den Hinterkopf bekommen. Mit hoher Wahrscheinlichkeit mit dem Steinbrocken, den man am Tatort gefunden hat. In der Wunde sind reichlich Erdanhaftungen und Steinpartikel. Der Schädel wurde richtiggehend zertrümmert. Er muss auf der Stelle tot gewesen sein. Neben Buschwächters Genmaterial haben wir an dem Stein interessanterweise noch andere geringfügige Blutspuren gefunden. Eine Zuordnung ist aber im Augenblick nicht möglich, weil wir noch kein Vergleichsmaterial einer verdächtigen Person haben. Allerdings haben wir außerhalb des Ganges, an dem dort herumliegenden Geröll, weitere Blutspuren gefunden, die mit den Anhaftungen auf dem Steinbrocken identisch sind. Man kann also sagen, dass die Person, die Spuren am Eingang hinterlassen hat, auch mit dem Steinbrocken in Berührung kam. Wir jagen die Daten gerade durch den Computer. Wenn irgendwo dieser genetische Fingerabdruck bereits einmal erfasst wurde, werden wir es erfahren."

Meyer legte seine Finger an die Nasenspitze. „Die Kleidung des Toten zeigt ebenfalls Schleifspuren auf. An den Handgelenken finden sich Blutergüsse. Jemand muss ihn dort gepackt und ein Stück über das Erdreich gezogen haben. Auch dort sind Blutpartikel zu finden, die mit dem Genmaterial vom Stein und vor dem Eingang identisch sind."

Meyer nahm seine Tasse und trank sie leer. „Mehr kann ich im Augenblick leider nicht sagen. Die feingeweblichen Untersuchungen laufen noch. Ach ja, als man Buschwächter im Keller gefunden hat, war er schon mehr als acht Stunden tot. Er muss also mitten in der Nacht verstorben sein. Wenn es dich interessiert, kannst du mich aber in ein paar Tagen anrufen, dann haben wir auch die anderen Untersuchungsergebnisse." Er schob seinen Stuhl zurück und erhob sich. „Erich, tut mir leid, aber ich muss wieder rüber in die Werkstatt. In einer halben Stunde muss ich schon wieder am Seziertisch stehen."

Erich Rottmann bedankte sich für die Auskünfte und verabschiedete sich von Meyer. Den Kaffee übernahm selbstverständlich er.

Um 11 Uhr war Rottmann mit seinen Stammtischkollegen zum Frühschoppen verabredet. Man wollte sich am Obelisken auf dem Unteren Markt treffen.

Als er mit Öchsle, von der Langgasse kommend, über den Unteren Markt schlenderte, kam er an der letzten Weinlaube, direkt vor dem Petrinibau, vorbei. Zwei Männer, die vor dem Eingang der Weinhütte standen und sich laut unterhielten, zogen seine Aufmerksamkeit auf sich. Einer war der Laubenwirt, der andere eine seiner Bedienungen. Es war offensichtlich, dass die zwei recht erregt waren. Nachdem Rottmann noch etwas Zeit hatte, schlenderte er langsam näher.

„Das ist jetzt innerhalb einer Woche das zweite Mal, dass in meine Hütte eingebrochen worden ist. Ich kann überhaupt nicht verstehen, was diese Typen suchen!“, schimpfte der eine, ein mittelalter Mann, der das Schloss der Tür untersuchte. „Wir lassen nichts Wertvolles in der Laube.“

„Reiner Vandalismus!“, erklärte der andere.

„Sie müssen die Polizei verständigen“, sagte Rottmann, nachdem er sich zu der Gruppe gesellt hatte. „Immerhin ist hier vor einigen Tagen ein Platzwächter ums Leben gekommen. Da kann es Zusammenhänge geben. Ich bin ehemaliger Kriminalbeamter und weiß, wovon ich spreche.“

Der Hüttenwirt sah Rottmann zuerst irritiert an, dann machte er eine ablehnende Handbewegung. „Das bringt doch nichts, nur Umstände. Es ist wie beim ersten Mal. Nichts beschädigt, nur das Schloss. Wahrscheinlich irgendwelche Jugendlichen, die Unfug treiben.“

Rottmann beugte sich herab und musterte das einfache Schloss. Er erkannte sofort, dass es mit einem groben Werkzeug aufgebrochen worden war. Wahrscheinlich mit einem Schraubendreher, was kein Problem war.

Da die Tür geöffnet war, warf Rottmann schnell einen Blick in das Hütteninnere. Sofort fielen ihm die Schmutzspuren auf dem Boden auf. Der Bodenbelag der Laube bestand aus glatten Dielenbrettern. Auf dem Untergrund konnte man deutlich sehen, dass mehrere Personen mit schmutzigen Schuhen über die Holzdielen gelaufen waren. Die Spuren hatten ihren Ursprung irgendwo hinter den Tischreihen in einer Ecke.

„Haben Sie diese Spuren schon bemerkt?“, machte Rottmann den Hüttenwirt aufmerksam.

Der Mann betrachtete erstaunt die Erdanhaftungen, offenbar bemerkte er sie zum ersten Mal. „Dann sind diese verdammten Kerle doch in der Hütte herumgetrampelt. Wahrscheinlich haben sie nach Wertgegenständen gesucht. Jetzt muss ich auch noch sauber machen."

Öchsle fand die Spuren ausgesprochen interessant. Mit gesenkter Schnauze schnüffelte er auf dem Boden herum und folgte den Abdrücken. Er stieß ein tiefes Knurren aus. Erich Rottmann nahm das Verhalten seines Hundes aufmerksam zur Kenntnis. Für ihn war die Erklärung des Hüttenwirtes nicht ausreichend. Er dachte an die Äußerung von Meyer, der gesagt hatte, dass der Herzinfarkt des Platzwächters durch einen Schrecken ausgelöst worden sein konnte. Was, wenn er die Einbrecher auf frischer Tat ertappt hatte?

„An welchem Tag wurde das Schloss denn zum ersten Mal geknackt?", wollte Rottmann wissen.

„Das war gleich in der ersten Nacht nach Eröffnung des Weindorfes", gab der Wirt zurück.

Rottmann nickte. Das passte! Er ging in die Ecke, die Öchsle so sehr interessiert hatte. Nachdenklich blieb er stehen und musterte die Bodendielen. Es war ein symmetrisches Muster zu erkennen, das von dem üblichen Muster der Bodenbretter abwich. Hier war eindeutig gesägt worden. Die Risse waren so fein gearbeitet, dass man sie kaum erkennen konnte. Wenn man genau hinsah, konnte man allerdings den Umriss eines Quadrats erkennen.

„Wohin führt diese Öffnung?", fragte Rottmann den Hüttenwirt.

„Welche Öffnung?"

Der Exkommissar wies mit der Hand auf die verdächtigen Risse.

Es dauerte einen Moment, ehe der Mann überhaupt verstand, was Rottmann meinte. Dann kratzte er sich verwundert am Kopf.

„Sehe ich zum ersten Mal“, gab er zurück. „Keine Ahnung, was das sein soll.“

„Haben Sie was dagegen, wenn ich mal nachsehe?“ Rottmann griff in seine Hosentasche und holte sein Taschenmesser heraus.

„Wollen Sie jetzt hier herumhantieren?“, fragte der Wirt ärgerlich. „Das geht aber nicht! In einer Viertelstunde kommen die ersten Gäste. Da muss hier alles wieder seine Ordnung haben.“

Erich Rottmann runzelte die Stirn. „Es tut mir leid, aber es besteht die Möglichkeit, dass der Einbruch und diese Fußspuren in Zusammenhang mit dem Tod des Wachmanns vor einigen Tagen stehen. Sie haben sicher davon gehört. Ich denke, ich muss die Polizei verständigen. Diese Spuren müssen gesichert werden.“

Der Hüttenwirt schüttelte entschieden den Kopf. „Wenn hier die Polizei herumschnüffelt, kann ich meine Laube nicht öffnen. Können Sie sich vorstellen, was das für einen Ausfall für mich bedeutet? Wer wird mir den erstatten?“

Rottmann zeigte sich unbeeindruckt und zog sein Mobiltelefon aus der Tasche. „Je früher wir die Kollegen verständigen, desto schneller können Sie wieder öffnen. Um diese Tageszeit ist doch sowieso nicht so viel los.“ Er wählte Deichlers Nummer.

Glücklicherweise hatte er ihn sofort am Apparat. Als er seinem ehemaligen Mitarbeiter erklärte, um was es ging, sagte dieser sein sofortiges Kommen zu.

Nachdem Rottmann Deichler seine Überlegungen bezüglich des möglichen Zusammenhangs der Spuren der Einbrecher mit dem Ableben des Wachmanns mitgeteilt hatte, betrachtete der interessiert die Spuren am Fußboden der Laube.

„Wer sagt dir, dass die heutigen Einbrecher mit den Eindringlingen vor einigen Tagen identisch sind?"

„Niemand", erwiderte Rottmann. „Aber mein Instinkt schlägt heftig Alarm. Und auf den konnte ich mich während meines ganzen Berufslebens immer verlassen. Warum sollte hier jemand einbrechen, da doch in den in Frage kommenden Kreisen bekannt sein dürfte, dass in den Weinlauben nachts nichts zu holen ist? Wir sollten auf jeden Fall einmal nachsehen, was sich unter der Bodenöffnung befindet."

Deichler war zwar skeptisch, wusste aber, dass sein ehemaliger Chef schon oft mit seinen Vermutungen recht gehabt hatte.

Trotz der Proteste des Laubenwirts verständigte Deichler die Spurensicherung.

Die Beamten sperrten zunächst einmal die nähere Umgebung der Laube ab, dann räumten sie die Tische und Bänke zur Seite, machten Fotos und nahmen Proben von den Erdanhaftungen. Nachdem sie alles aufgenommen hatten, öffneten sie die Bodenluke. Gespannt standen Rottmann und Deichler daneben.

Die beiden Männer sahen sich erstaunt an, als unter der Öffnung ein zur Seite geschobener Kanaldeckel zum Vorschein kam. Das schwarze Loch des Kanaleingangs gähnte ihnen bedrohlich entgegen.

Rottmann entdeckte sofort die Erdspuren, die am Rande des Kanals erkennbar waren. Hier hatte offenbar jemand den Kanal verlassen und war durch die Laube ins Freie gelangt. Die beiden Männer sahen sich verwundert an.

Deichler ließ sich von einem der Beamten eine Taschenlampe geben und leuchtete in den dunklen Schlund. Eine Röhre, durch die ein Mensch problemlos passte, führte offenbar mehrere Meter in die Tiefe. In die Wand waren in Abständen Steigeisen eingelassen. Auch an ihnen haftete Erdreich.

„Wahrscheinlich der Einstieg zu einem ganz normalen Kanal", mutmaßte Deichler.

„Kannst du mir mal sagen, warum ein Mensch ausgerechnet während des Weindorfes in diesen Kanal einsteigen muss? Und woher kommt die Erde? Kanäle sind meines Wissens doch betoniert."

Deichlers Miene war ernst. „Es wird uns nichts anderes übrig bleiben, als dort unten nach dem Rechten zu sehen."

Er gab einem der Spurensicherer einen Wink. Der ging daraufhin zu seinem Dienstfahrzeug und zog sich einen der weißen Schutzanzüge an. Eine mittlerweile herbeigerufene Streife war damit beschäftigt, neugierige Weindorfbesucher von der Weinlaube fernzuhalten. Es war klar, dass die Polizeiaktion draußen auf dem Platz nicht unbemerkt geblieben war.

Der Spurensicherer zog sich eine Stirnlampe über, dann stieg er in den Kanal ein. Die Männer an der Oberfläche sahen ihm gespannt nach.

Es dauerte fast zehn Minuten, bis die weiße Haube des Beamten wieder in der Öffnung auftauchte. „Soweit ich erkennen konnte, ist das ein normaler Abwasserkanal. Er ist allerdings aufrecht begehbar. Es gibt drei Metalltüren, die von ihm abgehen. Sie führen nach meiner Einschätzung in technische Versorgungsräume der Tiefgarage unter dem Rathaus und des Petrinihauses."

„Gibt es dort unten blankes Erdreich?", wollte Rottmann wissen.

Der Mann schüttelte den Kopf. „Alles betoniert. Der Kanal ist noch neu. Ich vermute, dass er im Rahmen der Errichtung des neuen Petrinihauses gebaut wurde."

„Gehen die Erdspuren unten weiter?", fragte Deichler.

„Ja, an den Seiten. Womöglich ist ein Teil auch abgewaschen, weil der Unbekannte im flachen Wasser des Kanals gelaufen ist. Man kann sie aber trotzdem erkennen."

Deichler winkte seinen Kollegen an die Oberfläche. „Wir brechen den Einsatz hier ab", erklärte er knapp. „Wir müssen zunächst beim Tiefbauamt die Pläne für die Kanalisation besorgen. Das werde ich gleich nach meiner Rückkehr ins Büro in Angriff nehmen. Danach sehen wir weiter."

Erich Rottmann hätte natürlich gerne weitergeforscht, sah aber ein, dass das im Augenblick nur wenig Sinn hatte. Im Übrigen würde der Wirt protestieren, wenn sein Geschäft noch länger durch die Polizeiaktion behindert wurde.

Die Spurensicherer rückten ab. Deichler und Rottmann verabschiedeten sich voneinander. Der junge Kriminalbeamte versprach seinem ehemaligen Vorgesetzten, ihn auf dem Laufenden zu halten.

Einige Zeit später schlenderte Erich Rottmann mit Öchsle im Schlepptau über das Weindorf auf der Suche nach seinen Stammtischkollegen. Mittlerweile standen sie natürlich nicht mehr am Obelisken. Rottmann legte den Kopf schief und lauschte. Er musste grinsen – der Geräuschkulisse nach konnten sie nicht weit sein.

Christian Schöpf-Kelle, der leider zu spät über den Polizeifunk erfahren hatte, dass man die Spurensicherung zu einer Weinlaube am Unteren Markt gerufen hatte, kam dort an, als die Streifenbeamten die Absperrung bereits wieder entfernten. Für ihn war klar, dass diese Aktion mit dem toten Wachmann zu tun hatte.

Ehe er Deichler ein paar Fragen stellen konnte, saß der bereits in seinem Dienstwagen und fuhr davon. Wütend sah sich Schöpf-Kelle um. Da erkannte er die markante Figur von Erich Rottmann, der von der Weinlaube aus in Richtung

Oberer Markt aufbrach. Schöpf-Kelle rieb sich nachdenklich das Kinn. Wenn der ehemalige Leiter der Mordkommission seine Schnüfflernase in eine Sache steckte, dann fiel für ihn, Schöpf-Kelle, in der Regel immer eine gute Story ab. Es war sicher empfehlenswert, dem alten Polizisten zur gegebenen Zeit ein paar Fragen zu stellen.

Vladimir Müller hatte den Schock wegen des toten Baureferenten einigermaßen überwunden. Ihm war allerdings klar, dass er, falls die Polizei hinter seine Beteiligung an der Sache kam, erhebliche Schwierigkeiten bekommen würde. Sicher hatte er seine Fingerabdrücke hinterlassen und die waren registriert. Er musste an Geld kommen, um aus der Stadt verschwinden zu können. An reichlich Geld, denn er gedachte, nicht mehr hierher zurückzukehren. Für ihn gab es in diesem Zusammenhang nur eine Geldquelle.

Er saß im *Café Plaza* im Petrinihaus bei einem frühen Bier und überlegte, wie er an Direktor Hünnerklein herankommen konnte.

Als die Polizei angefahren kam und direkt vor seinen Augen die Absperrung der Weinlaube erfolgte, wollte er schon seinem ersten Impuls folgen, möglichst schnell zu verschwinden. Mit Sicherheit hatte der Einsatz mit ihrem Eindringen in den Tunnel durch den Eingang in der Hütte zu tun. Wahrscheinlich war dem Wirt der Schmutz, den er hinterlassen hatte, verdächtig vorgekommen. Als er in Panik aus dem Stollen geflohen war, waren ihm die Spuren, die er hinterlassen hatte, egal gewesen.

Vladimir musste immer wieder an das Gesicht denken, das, wie eine Erscheinung, für Sekundenbruchteile im Lichtstrahl seiner Kopflampe aufgetaucht war. Mittlerweile wusste er auch, wen er da gesehen hatte. Dieser Dame würde er auch noch einen Besuch abstatten. Mit Sicherheit konnte er bei ihr einige Schweige-Euros abzocken.

Er trank sein Bier aus und zahlte, dann verließ er das Plaza und betrat die Bank nebenan.

Die blonde Bankangestellte, die er wegen eines Gesprächs mit Direktor Hünnerklein ansprach, warf dem gut aussehenden und gepflegt gekleideten Mann mittleren Alters einen bedauernden Blick zu.

„Ich denke, dass Sie Herr Direktor Hünnerklein ohne einen Termin nicht empfangen wird."

„Sagen Sie ihm bitte, es geht um den Nachlass von Herrn Buschwächter."

„Ich kann es ja versuchen", gab die junge Frau zurück. „Wen darf ich melden?"

Nachdem Müller sich vorgestellt hatte, ging sie zu ihrem Schreibtisch und hob das Telefon ab. Das Gespräch war nur kurz, dann kam sie zurück. Ihr Gesichtsausdruck zeigte Verwunderung.

„Direktor Hünnerklein bittet Sie nach oben", erklärte sie. „Bitte kommen Sie, ich bringe Sie zu ihm."

Sie sah den Mann von der Seite her an. Es musste sich um einen sehr guten Kunden handeln, wenn der Bankchef so entgegenkommend reagierte.

Hünnerklein empfing Müller in einem der Besprechungsräume im verglasten Dachgeschoss der Bank. Von hier aus genoss man einen wunderbaren Blick auf den Marktplatz und die Marienkapelle. Vor allem hatte man hier aber seine Ruhe.

Hünnerklein war sehr erschrocken, als seine Mitarbeiterin den Namen Buschwächter erwähnte. Er hatte vom Tod des Stadtbaurats und den Begleitumständen aus der Presse erfahren. Mehr wusste er nicht. Seitdem war er in ständiger Unruhe gewesen. Hoffentlich hatte Buschwächter niemandem seinen Namen genannt. Eines stand für ihn jedenfalls fest, der Schatz des Petrini war für ihn verloren. Er hatte sich bewusst aus der aktiven Suche herausgehalten und kannte daher auch keine Details. Und jetzt tauchte dieser Mann auf. Was wollte er von ihm? Mit angespannter Miene ging er zum Lift, um den Besucher zu empfangen.

Nach einer kurzen Begrüßung entließ Hünnerklein seine Mitarbeiterin wieder und führte seinen Besucher in den Besprechungsraum. Jetzt waren sie alleine.

Beeindruckt blieb der Mann stehen und betrachtete die faszinierende Aussicht. „Nobel, nobel", kommentierte er. „Von hier aus kann man gar nicht verstehen, dass dieses Gebäude auf dem Platz wie ein hässlicher Klotz erscheint." Er drehte sich um und ließ sich in einen der Besuchersessel fallen. Hünnerklein nahm ihm gegenüber Platz. Er blieb angespannt auf der Sesselkante sitzen.

„Sie wollten mich sprechen?"

Vladimir fläzte sich in den Sessel und schlug die Beine übereinander. „Ich will nicht lange um den heißen Brei herumreden", eröffnete er das Gespräch. „Unser gemeinsamer Freund Buschwächter, der leider unter sehr unerfreulichen Umständen aus dem Leben geschieden ist, hatte mit mir eine Abmachung: Ich suche mit ihm den Schatz des Petrini und bekomme dafür die Hälfte. Jetzt ist der gute Mann leider verblichen und kann mich nicht mehr bezahlen. Wo der Schatz ist, weiß ich auch nicht."

Auf Hünnerkleins Stirn traten schlagartig dicke Schweißtropfen. „Ich verstehe nicht …"

Vladimir verzog ärgerlich das Gesicht und richtete sich auf. Hünnerklein bezweifelte nicht, dass der Mann aggressiv werden konnte. Seine Körpersprache war eindeutig.

„Hören Sie auf, mich für dumm verkaufen zu wollen“, knurrte er. „Buschwächter hat Sie mir als seinen Partner in dieser Angelegenheit genannt. Vergeuden Sie also nicht meine Zeit!“ Er fixierte den Banker, der sich wie das sprichwörtliche Kaninchen vor der Schlange fühlte. „Ich schlage Ihnen folgendes Geschäft vor: Sie zahlen mir noch heute 100.000 Euro bar auf die Hand. Danach werden Sie mich nie mehr wiedersehen. Was Sie dann mit dem Schatz machen, ist mir gleichgültig.“ Er hielt kurz inne, um seine Worte wirken zu lassen, dann fuhr er fort: „Sollten Sie sich weigern oder versuchen, mich über den Tisch zu ziehen, können Sie sich gleich mit Buschwächter zum gemeinsamen Grillen in der Hölle verabreden.“ Vladimir fand den letzten Satz besonders gelungen und schlug sich in Gedanken auf die Schulter.

Hünnerklein gab seine ahnungslose Haltung auf. Erregt sprang er auf und lief nervös im Zimmer auf und ab. „Das ist doch brutale Erpressung! Wie stellen Sie sich das vor? Wo soll ich bitte einen solchen Betrag hernehmen?“

„Nennen Sie es, wie Sie wollen, das ist mir wurscht. Ich bin mir sicher, dass ihr beide, Buschwächter und Sie, hier ein krummes Ding gedreht habt. Heulen Sie mir also nicht die Ohren voll! Und was das Geld betrifft: Sie sitzen hier auf einem Berg Geld und wissen nicht, wo Sie diese Peanuts hernehmen sollen? Verarschen Sie mich nicht, sonst werde ich verdammt sauer!“

Hünnerklein stellte sich an das riesige Panoramafenster und starrte hinunter auf die Menschen, die zwischen den Weinlauben herumschlenderten. Schließlich drehte er sich um und nickte resigniert. „Ich werde versuchen, das Geld zu besorgen. Kommen Sie morgen um 19 Uhr in die Weinlaube *Zum Weingasthof.* Schneller geht es wirklich nicht.“

Vladimir Müller überlegte einen Augenblick, dann erhob er sich langsam. „Gut. Ich kann verstehen, dass Sie mich lieber in der Öffentlichkeit treffen wollen. Da fühlen Sie sich sicherer. Ich werde da sein. Aber versuchen Sie keine krummen Dinger. Sie bringen das Geld in einem Aktenkoffer. Kleine Scheine. Sollten Sie nicht spuren, können Sie sich jetzt schon einen gemütlichen Platz auf dem Waldfriedhof aussuchen.“ Er ging zum Aufzug. Wenig später verließ er gut gelaunt die Bank. Er war sich sicher, dass der Geldsack spuren würde.

Hünnerklein blieb zurück und sah grübelnd auf den Marktplatz hinaus. Das Geld konnte er zwar aus seinem Privatvermögen zusammenbringen, allerdings war er dann fast pleite. Das konnte er sich in seiner Position unmöglich leisten.

Die Sache mit dem Schatz konnte er abschreiben und außerdem musste er noch diesen verdammten Erpresser loswerden. Hünnerklein kannte sich in der einschlägigen Szene nicht aus. Er würde morgen einen Adresse in Frankfurt anrufen. Ein Mann für alle Fälle, der ihm bei der Lösung seines Problems helfen konnte. Gegen gutes Geld, versteht sich. Aber das war allemal billiger als diesen Erpresser zufriedenzustellen, der womöglich mit immer unverschämteren Forderungen kommen würde.

Christian Schöpf-Kelle war bekanntermaßen in der Wahl seiner Mittel, an geeignetes Bildmaterial für seine Storys zu kommen, nicht gerade zimperlich. Bei der Verabredung mit der Reinemachefrau Elvira Stark hatte er tatsächlich nur vorgehabt, ihr einige Fragen zum Leichenfund zu stellen, um für seinen Bericht authentisches Hintergrundmaterial zu haben. Als dann aber die Handtasche der guten Frau vom Stuhl rutschte und unter anderem auch der zweite, kleinere Schlüsselbund herausfiel, kombinierte er sofort, dass dies die Schlüssel für das Rathaus sein mussten. Von diesem Gedanken bis zu der Entscheidung, das Schlüsseletui kurzfristig in seine Verwahrung zu nehmen, war es nicht weit. Für Schöpf-Kelle war dies so etwas wie ein Wink des Schicksals. Nachdem Elvira das Café Michel verlassen hatte, war er schnurstracks mit dem Schlüsseletui zu einem nahegelegenen Schlüsseldienst geeilt, der von seinem guten Bekannten Yilmaz Öztünür betrieben wurde. Öztünür war Schöpf-Kelle noch einen Gefallen schuldig. Eine Gefälligkeit, die er heute einzufordern gedachte.

Öztünür, Deutscher türkischer Abstammung, verzog zwar, als er Schöpf-Kelles Anliegen hörte, das Gesicht, stellte aber dann keine weiteren Fragen. Von dem Journalisten auf die Dringlichkeit der Sache nachdrücklich hingewiesen, fertigte er von den Originalschlüsseln sachkundig Abdrücke in einer Kunststoffmasse an. Während Schöpf-Kelle dann den „gefundenen" Schlüsselbund eilig zum Café Michel zurückbrachte, machte sich Öztünür in seiner kleinen Werkstatt an die Arbeit.

Als Elvira Stark den Schlüsselbund schon längst wieder aufatmend in ihre Kittelschürze gesteckt hatte, war Yilmaz Öztünür noch immer mit der Feile zu Gange. Es war schon fast 19 Uhr, als der Spezialist Christian Schöpf-Kelle zwei verschieden große Schlüssel überreichte.

„Damit sind wir aber quitt!", stellte Yilmaz grimmig fest. „Ich weiß ja nicht, was du mit den Dingern vorhast. Wenn sie dich aber dabei erwischen, hast du mich nie gesehen. Ist das klar?"

Schöpf-Kelle klopfte Yilmaz freundschaftlich auf die Schulter. „Mach dir keine Gedanken. Ich habe nicht vor, die Kronjuwelen zu stehlen."

Öztünur zog ein Gesicht, das seine Zweifel an Schöpf-Kelles Aussage überdeutlich demonstrierte.

Der Journalist setzte sich in sein Auto und musterte nachdenklich die Kopien der Schlüssel. Als Reinemachefrau im

Grafeneckart hatte Elvira Stark mit Sicherheit einen Generalschlüssel, damit sie die zu reinigenden Büros aufschließen konnte. Vermutlich war es der größere von beiden. Blieb nur die Frage, ob dieser Schlüssel auch zu allen anderen Räumlichkeiten des Rathauses passte. Zum Beispiel zu den Türen im Keller. Das Einfachste war, den Schlüssel einfach einmal auszuprobieren. Das würde am nächsten Morgen, wenn Betrieb im Rathaus herrschte, am leichtesten sein.

Die Nacht verbrachte Schöpf-Kelle mit einigen Gläsern Cognac vor dem Fernseher, weil er vor Anspannung einfach nicht schlafen konnte. Mitten in der Nacht war er dann doch auf der Couch zusammengesunken und in einen unruhigen Schlummer gefallen.

Am nächsten Morgen taten ihm sämtliche Knochen weh und sein Kopf brummte. Nach einer Tasse Kaffee und zwei Aspirin machte sich der Journalist auf den Weg zum Rathaus. Er betrat den Grafeneckart durch den Eingang am Vierröhrenbrunnen. Bei seinem Vorhaben hatte er allerdings nicht bedacht, dass er in der Stadt bekannt war wie ein bunter Hund. Kaum hatte er den Eingang durchschritten, wurde er auch schon von zwei Bekannten angesprochen, die ihn in ein Gespräch verwickelten. Es dauerte fast zehn Minuten, bis er sich losgeeist hatte und den Aufzug betreten konnte. Er musterte kurz die Tasten. Der unterste Knopf, der vermutlich in das Kellergeschoss führte, war durch ein Sicherheitsschloss ersetzt. Unbefugten war somit der Zugang in den Keller verwehrt. Die Auswahl der nachgefertigten Schlüssel fiel nicht schwer. Schöpf-Kelle schob den kleinen Sicherheitsschlüssel in das Schloss. Er passte! Yilmaz hatte ausgezeichnete Arbeit geleistet. Er zog den Schlüssel wieder ab und verließ den Aufzug.

Jetzt musste er noch den anderen Schlüssel ausprobieren. In einer ruhigen Ecke des Flures befand sich eineTür. Er öffnete sie und stellte fest, dass sich dahinter ein Treppenhaus befand. Da er unbeobachtet war, steckte er den großen Schlüssel schnell in das Schloss. Auch dieser Schlüssel schloss einwandfrei. Einen letzten Test machte Schöpf-Kelle am Seitenausgang, als er das Rathaus in Richtung Karmelitenstraße verließ. Auch hier alles Paletti!

Wenig später fuhr Schöpf-Kelle bester Laune zum Treffen der *Freunde der ostasiatischen Sumpfdotterblume* – eine höchst anspruchsvolle Herausforderung für einen Journalisten seines Kalibers. Zumindest in der Hinsicht, als er es schaffen musste, sich dort zwei Stunden wach zu halten. Aber momentan war die berühmte Saure-Gurken-Zeit und man musste annehmen, was sich bot. Christian Schöpf-Kelle war sich sicher, dass sich das in den nächsten Tagen ändern würde. Er würde schon das Seine dazu beitragen.

Bevor sich Erich Rottmann am frühen Nachmittag auf seiner Couch ein Nickerchen gönnte, griff er zum Telefon und rief Florian Deichler an.

„Servus, Florian, hast du die Pläne der Kanalisation besorgen können?", kam er gleich ohne Umschweife zur Sache.

„Ach, Erich, du bist es. Ja, ich habe die Pläne bekommen. Sie wurden erst kürzlich erstellt. Der Petrinibau ist ja noch nicht lange fertig." Er machte eine Atempause. „Bei dem Kanal handelt es sich um einen kombinierten Abwasser-Versorgungs-Kanal. Auf den Plänen sind zwei abgehende Türen eingezeichnet. Eine führt in die Tiefgarage unter dem Rathaus und eine in einen Technikraum unter dem Petrinihaus.

„Wenn ich mich aber recht erinnere, dann hat der Beamte, der heute hinuntergestiegen war, von drei Türen gesprochen."

„Das stimmt“, gab Deichler zu. „Aber auf den Plänen sind nur zwei Türen eingezeichnet. Vielleicht ein Fehler der technischen Zeichner.“

„Das kann ich mir nicht vorstellen. Der Kanal wurde doch völlig neu errichtet und vermessen. Dieser Sache sollte man wirklich noch einmal auf den Grund gehen. Denn irgendwoher müssen die Erdspuren ja gekommen sein.“

Rottmann hörte Deichler tief durchatmen. Er konnte sich vorstellen, wie der Schreibtisch des Kommissars aussah. Wahrscheinlich alles wichtigere Vorgänge als eine ominöse Tür in einem Kanalschacht.

„Soweit ich das auf dem Plan sehen kann, kann der Kanal auch von dem Technikraum aus der Tiefgarage betreten werden. Ich werde später noch einmal einen Mann hinschicken, der sich die Sache ansieht. Aber das hat ja keine Eile. Wir wissen schließlich, dass der Platzwächter ohne Fremdeinwirkung gestorben ist.“

Deichler versprach, seinen ehemaligen Chef anzurufen, sobald er Neuigkeiten hatte. Dann beendeten sie das Gespräch.

Rottmann legte sich aufs Sofa und schloss die Augen. Er fand jedoch keinen Schlaf, weil seine Gedanken sich mit dem Rätsel der Erdspuren beschäftigten. Deichler hatte nicht ganz Recht. Angenommen, der Platzwächter hatte die Einbrecher überrascht und diese hatten ihn daraufhin bedrängt, woraufhin er in Panik geraten war und einen Infarkt erlitten hatte. Dann lag, zumindest indirekt, Fremdeinwirkung vor. Was aber Rottmann besonders interessierte, war die Frage, was jemand im Würzburger Untergrund suchte. Und was hatte es mit der dritten Tür auf sich, die auf dem Plan gar nicht verzeichnet war?

Erst Öchsles leises Schnarchen führte auch ihn etwas später in Morpheus' Arme.

Ron Schneider, ein Stammtischbruder der Schoppenfetzer, sah Erich Rottmann über den Tisch hinweg prüfend an. „Sag mal, Erich, ich kenn dich ja jetzt schon einige Jahre. Wenn du so schaust, geht dir irgendein Kriminalfall durch den Kopf. Du hast deinen Schoppen kaum angerührt!"

Dr. Horst Ritter, der neben Rottmann saß, neigte sich zu seinem Stammtischbruder hinüber. „Hat Ron Recht?"

„Also, ihr müsst doch zugeben, dass es höchst merkwürdig ist, wenn der Stadtbaurat tot im Keller des Rathauses gefunden wird."

„Wie wir dich kennen, weißt du doch schon wieder mehr als die Polizei", behauptete Ron Schneider im Brustton der Überzeugung. „Komm, sag schon, wer ist der Täter?" Die Stammtischbrüder lachten schallend.

Erich Rottmann zog eine Grimasse, sagte aber nichts. Er hatte sich in der Weinlaube eine Portion Leberkäs servieren lassen. Aber schon nach wenigen Bissen war ihm klar, dass er nicht die gewohnte hervorragende Qualität seines Hausmetzgers bekommen hatte. Er kaute recht lustlos darauf herum. Öchsle würde er davon gar nichts anbieten. Der Rüde war, was Leberkäse betraf, ein ausgesprochener Feinschmecker. Das wollte ihm Rottmann nicht zumuten. Langsam schob er den Papierteller zurück und spülte den letzten Rest mit einem Schluck Silvaner hinunter. Wenigstens war der Wein von gewohnter Güte und entschädigte für den entgangenen Essgenuss.

„Was ihr schon wieder denkt", gab er zurück. „Aber es ist doch logisch, dass ich mich als ehemaliger Leiter der Mordkommission gedanklich mit einem solchen Fall auseinandersetze."

Mit dieser Erklärung gaben sich die Stammtischbrüder zufrieden. Irgendjemand hatte ein anderes Thema aufgeworfen, das nun von allen diskutiert wurde.

Die Bedienung kam vorbei und Rottmann bestellte, wegen

des Leberkäsdesasters angesäuert, einen weiteren Schoppen.

„Ein Wasser dazu?“, fragte das junge Mädchen geschäftstüchtig.

Erich Rottmann sah sie an, als käme sie von einem anderen Stern. „Habe ich gesagt, dass ich meine Füße waschen will?“, knurrte er. Achselzuckend rauschte sie davon. Die anderen Schoppenfetzer sahen sich erstaunt an.

Rottmann war an diesem Abend tatsächlich ungewohnt angespannt. Ihm ging Deichlers Anruf nicht aus dem Kopf, der ihn noch am späten Nachmittag wie versprochen informiert hatte. Der Beamte, der mit Hilfe eines technischen Hauswarts den Kanal über die Tiefgarage betreten hatte, war nicht in der Lage gewesen, die unbekannte Tür zu öffnen. Auch der Mann der Hausverwaltung besaß dazu keinen Schlüssel.

Schließlich hatte der Polizeibeamte das Schloss mit einem Passepartout geöffnet. Erich Rottmann war nicht sonderlich erstaunt, dass der Mann hinter der Tür auf einen Gang gestoßen war, der offenbar geradewegs in Richtung Grafeneckart führte. Als Deichler berichtete, dass der Beamte nicht weiter vordringen konnte, weil der Stollen nach einem Stück eingebrochen war, war Rottmann enttäuscht. Die Einsturzstelle sei allerdings anscheinend recht neu gewesen. Man habe auch frische Fußabdrücke von zwei Personen gefunden und diese gleich gesichert, erzählte Deichler weiter.

Es war für einen alten Kriminalbeamten nicht schwer, eins und eins zusammenzuzählen. Der Gang, für den hier aufwendig ein Zugang geschaffen worden war, reichte offenbar bis hinüber zum Grafeneckart. Das waren höchstens siebzig Meter. Anscheinend befand sich der Originaleingang, oder der Ausgang, je nachdem wie man es betrachtete, im Keller, in dem Elvira den toten Buschwächter gefunden hatte. Der Stadtbaurat war vermutlich im Gang zu Tode gekommen und dann von einer unbekannten Person, womöglich dem Täter, in den Lagerraum gezogen worden. Stellten sich nun die Fragen: Weswegen war der Stollen gegraben worden? Warum hatte man sich die Mühe gemacht, einen gesonderten Eingang vom Marktplatz aus zu schaffen? Warum hatte man den Stollen nicht von vornherein durch den Rathauskeller betreten? Konnte es sein, dass hier zwei verschiedene Interessengruppen am Werke waren, wobei die eine von der Existenz der anderen nichts wusste?

Als um 22 Uhr langsam die Dämmerung über das Weindorf hereinbrach und der Lärm der weinseligen Menschen von den Wänden der umstehenden Häuser widerhallte, erhob sich Erich Rottmann und verabschiedete sich von seinen Stammtischbrüdern, was bei den Schoppenfetzern doch etwas Befremden auslöste. Sonst war Erich Rottmann einer der ausdauerndsten Hocker unter ihnen.

Der Exkommissar erreichte den Vierröhrenbrunnen. Unvermittelt blieb er stehen, lehnte er sich gegen den Brunnenrand und betrachtete nachdenklich den Grafeneckartturm. Nachdem er eine halbe Pfeife geraucht hatte, traf er eine Entscheidung. Er zog sein Mobiltelefon aus der Tasche und wählte eine Nummer.

„Hallo, Erich, was treibt dich zu so später Stunde durch die Leitung an mein Ohr?“ Elvira Starks Stimme klang zwar verwundert, aber keineswegs unfreundlich. Im Gegenteil, sie freute sich ausgesprochen. Es kam selten vor, dass ihre Jugendliebe Erich sie zu so fortgeschrittener Stunde anrief.

„Tut mir leid, Elvira, dass ich dich so spät noch störe. Aber ich habe da ein Problem, das ich gerne aus der Welt schaffen möchte. Würde es dir etwas ausmachen, wenn du mit dem Schlüssel fürs Rathaus zum Vierröhrenbrunnen kommst? Ich denke, es gibt keine geeignetere Tageszeit, um einen Blick in diesen Gang zu werfen. Jetzt stört uns sicher keiner. Es wäre schön, wenn du auch eine Taschenlampe mitbringen könntest."

Elvira Stark wusste sofort, wovon Erich sprach. Sie zögerte einen Augenblick, dann hatte sie sich entschieden. Nicht umsonst war sie eine höchst unternehmungslustige Unterfränkin.

„Ich bin in einer Viertelstunde bei dir", entgegnete sie knapp, dann legten sie auf.

Elvira war fast auf die Minute pünktlich. Sie war zweckmäßig mit Jeans und Jacke bekleidet. „Erich, wir müssen diesmal aber vorsichtig sein, damit man uns nicht erwischt. Ich weiß nicht, wie ich es meinem neuen Chef erklären soll, dass ich mich zur Unzeit im Keller des Grafeneckart herumtreibe. Noch dazu in so charmanter männlicher Begleitung." Sie stieß Erich Rottmann neckend mit dem Ellbogen in die Seite.

Der Exkommissar hatte dafür nur ein undefinierbares Grunzen übrig, dann fragte er: „Hast du den Schlüssel dabei?"

Elvira merkte, dass er nicht zu Scherzen aufgelegt war, und nickte. „Auch die Taschenlampe mit frischen Batterien."

Rottmann nickte zufrieden, dann klopfte er seine Pfeife am Brunnenrand aus und steckte sie in seine Joppentasche. „Also, dann packen wir's an." Zügig überquerten sie die Straße.

Fünfzehn Minuten später standen sie in dem bewussten Keller und Rottmann musterte die Steinbrocken, die ehemals die Blendmauer gebildet hatten.

„So viel steht fest", murmelte er kaum verständlich in seinen Bart, „die Mauer wurde hier vom Keller aus eingerissen. Nicht, wie es auch denkbar wäre, von innen, vom Gang aus." Er hatte seiner Begleiterin kurz vom Fund des Eingangs unter dem Petrinihaus berichtet.

Elvira war mittlerweile weitergegangen und leuchtete mit der Taschenlampe in den Stollen hinein. „Erich, die Polizei hat den Gang gesichert. Hier sind mehrere Sperrlatten eingebaut. Man kann nicht weiter."

Der ehemalige Leiter der Mordkommission stieg über den Schutt und betrachtete die Sperre. „Das haben sie gemacht, um die Spuren sichern zu können. Die paar Latten haben wir gleich weg." Er rüttelte an der Verstrebung. Sofort kam von der Decke ein ganzer Schwung Erdreich. „Aber wir müssen vorsichtig sein", stellte er fest, „so wie es aussieht, ist die Decke recht brüchig."

Er drehte sich zu Öchsle um, der mit leicht eingezogenem Schwanz hinter ihm stand. Offenbar war dem Rüden die Situation nicht ganz geheuer. „Komm mit", forderte Rottmann ihn auf und ging mit ihm in den Keller zurück. „Öchsle, du bleibst schön hier und wartest auf mich!", befahl er ungewohnt bestimmt. Der Rüde sah seinen Menschen verwundert an. Diesen Tonfall war er nicht gewohnt. Dann ließ er sich aber brav neben einem der Regale nieder und legte den Kopf auf die Vorderpfoten.

Rottmann trat wieder neben Elvira, die mit zweifelnder Miene vor dem Eingang zum Stollen stand.

„Das kann jederzeit zusammenbrechen."

Erich Rottmann leuchtete mit der Taschenlampe an der Sperre vorbei. „Ich denke, wir können es riskieren", gab er zurück. „Ich werde allerdings alleine reingehen."

„Erich, das machst du nicht", wurde Elvira Stark plötzlich energisch. „Du gehst da nicht rein! Was willst du überhaupt hier? Die Spurensicherer haben doch alles Interessante untersucht und Beweise mitgenommen."

Rottmann trat einen Schritt zurück. „Ich will wissen, was es mit dem Stollen auf sich hat. Der ist doch uralt und wurde von seinem Erbauer sicher nicht aus Jux und Tollerei gegraben. Es scheint so, als wären irgendwelche Leute hinter das Geheimnis dieses Ganges gekommen und haben deshalb einen Zugang vom Petrinihaus aus anlegen lassen. Wahrscheinlich wussten sie von dem Zugang hier nichts. Das muss von langer Hand geplant worden sein. Diesen Aufwand treibt doch nur jemand, der sich davon etwas Lohnendes verspricht.

Und dann interessiert mich brennend, was unser Stadtbaurat hier zu nächtlicher Stunde zu suchen hatte. Offensichtlich war er auch nicht alleine. Irgendeiner muss ihm ja den Stein auf den Kopf geschlagen haben."

So ungern Rottmann aufgab, sah er dann doch ein, dass alle Risikobereitschaft Grenzen hatte. Widerwillig ging er mit Elvira in den Keller zurück. Öchsle freute sich, als hätte er sein Herrchen seit Tagen nicht mehr gesehen. „Ist ja schon gut", brummelte Rottmann gerührt und streichelte dem Rüden über den Kopf.

Elvira und Erich wollten gerade die Kellertür öffnen, als Öchsle abrupt stehen blieb und zu knurren begann.

„Was hat er?" Elvira nahm ihre Hand so schnell wieder vom Türgriff, als würde er glühen.

„Anscheinend hört er draußen etwas", erwiderte der Exkommissar leise. Er legte Öchsle beruhigend die Hand auf den Kopf. „Elvira, komm hier neben mich, dann machen wir das Licht aus. Ich habe das Gefühl, wir beide sind heute Nacht nicht die Einzigen, die hier im Rathaus unterwegs sind."

Sekunden später war es im Keller stockfinster. Elvira drückte sich von hinten an Rottmann. Bei aller Forschheit, die ihr eigen war, rutschte ihr Herz jetzt doch in Richtung Hose.

Öchsle, den Rottmann am Halsband festhielt, zitterte vor Erregung am ganzen Körper. Der Kommissar hatte vorsorglich die Taschenlampe herumgedreht, um sie notfalls als Schlaginstrument verwenden zu können.

In diesem Augenblick hörten sie das metallische Kratzen, als jemand versuchte, einen Schlüssel ins Schloss der Kellertür zu stecken. Ihre Anspannung wuchs ins Grenzenlose.

Plötzlich quietschte die Türklinke. Der Lichtschein einer Taschenlampe erschien im Türspalt, dann folgte eine Hand, die tastend nach dem Lichtschalter an der Wand suchte. Als die Deckenbeleuchtung anging, sprang Rottmann mit einem Satz vor und zerrte den Unbekannten in den Raum. Gleichzeitig schaltete er die Taschenlampe ein und blendete dem Mann direkt ins Gesicht. Öchsle wiederum machte einen Sprung nach vorne und verbiss sich in das Hosenbein des Fremden.

„Oh mein Gott", hörten die beiden nur, dann war es an ihnen, ein ungläubiges „Sie?" auszustoßen. Im Lichtkegel der Lampe erkannten sie das bleiche Gesicht von Christian Schöpf-Kelle, der sich vor lauter Schrecken fast in die Hosen gemacht hätte.

„Also doch!", entfuhr es Elvira Stark, die sich als Erste wieder gefangen hatte. „Hab ich's doch gewusst, dass Sie mir meine Schlüssel gestohlen hatten. Sie alter Verbrecher! Wie kann man das Vertrauen eines Menschen nur so missbrauchen! Schämen Sie sich!" Sie war so empört, dass sie dem Journalisten am liebsten eine Ohrfeige gegeben hätte.

„Es … ich … es tut mir leid", stotterte er und versuchte Öchsle abzuschütteln. Da hatte er allerdings die Rechnung ohne den Rüden gemacht, der, voll in der Rolle eines Polizeihundes, derartige Bewegungen seines Opfers nicht dulden konnte. Knurrend riss er weiter am Hosenbein.

Jetzt erst registrierte Rottmann den engagierten Einsatz seines Hundes und beugte sich zu ihm hinunter. „Ist ja gut, Öchsle. Kannst loslassen, der Typ tut uns bestimmt nichts."

Es fiel dem Rüden sichtlich schwer, sich von dem Hosenbein zu trennen. Er blieb aber weiterhin in Bereitschaft, falls der Mann unfreundlich werden sollte.

„Darf ich fragen, was Sie hier treiben?", wollte Elvira wissen.

Schöpf-Kelle hatte eine sehr robuste Natur. Nachdem er

sich gefangen hatte, war er schon wieder in der Lage, Widerstand zu zeigen. „Das könnte ich genauso gut Sie fragen“, erwiderte er trotzig.

„Da hat der Kerl die Frechheit, mir meinen Schlüssel zu entwenden, und jetzt wird er auch noch pampig! Wir können auch gern die Polizei rufen. Ich möchte mal sehen, wer dann mehr in Erklärungsnot kommt, Sie oder wir!“ Wenn Elvira sauer war, dann war mit ihr nicht gut Kirschen essen.

Schöpf-Kelle merkte, dass er aus der Nummer nur durch Rückzug auf breiter Front ungeschoren herauskam. „Ich habe Ihnen doch gesagt, dass ich von dem Stollen einige Aufnahmen für meine Leser machen möchte. Das Rathaus hätte mir das niemals gestattet, solange hier Ermittlungen am Laufen sind.“

„Ich schlage vor, Sie verziehen sich, so schnell Sie können, dann werden wir die Angelegenheit vergessen“, lenkte Rottmann ein. „Aber den Nachschlüssel übergeben Sie Frau Stark. Und kommen Sie nicht auf die Idee, sich einen weiteren anfertigen zu lassen.“

Schöpf-Kelle nickte heftig und kramte den Schlüsselbund aus der Hosentasche. Elvira ließ ihn in ihrer Jackentasche verschwinden.

„So, und jetzt ab“, kommandierte Rottmann und öffnete die Tür. Der Journalist eilte davon. Elvira und Erich folgten ihm langsam.

Rottmann hatte mit Öchsle zwecks Erledigung wichtiger „Geschäfte“ noch einen Spaziergang durch die Ringparkanlagen gemacht. Kurz bevor er sein Zuhause erreichte, fiel ihm ein Pkw auf, der im Halteverbot parkte. Als Rottmann näher kam, blitzte die Lichthupe des Wagens auf. Rottmann kannte den Wagen nicht, aber offenbar meinte der Fahrer ihn.

Vorsichtig näherte sich der Exkommissar dem Fahrzeug. Öchsle war voller Wachsamkeit, jederzeit bereit, seinen Menschen zu beschützen.

Erich Rottmann hatte das Auto fast erreicht, als sich die Fahrertür öffnete und ein Mann ausstieg.

„Meyer, du?“ Rottmann sah den Sektionsassistenten der Rechtsmedizin verwundert an. „Ist was passiert?“

„Servus, Erich“, gab der Mann zurück, „setz du dich mal rein. Ich muss dir was sagen.“

Eine Minute später saßen die beiden nebeneinander.

„Ich habe lange mit mir gekämpft“, begann Meyer. Er war ungewohnt ernst. „Was ich dir jetzt sage, ist streng vertraulich und ich komme in Teufels Küche, wenn irgendjemand erfährt, dass du die Info von mir hast.“

Rottmann versprach ihm hoch und heilig, dass er absolutes Stillschweigen wahren würde. Er konnte sich überhaupt nicht vorstellen, was Meyer ihm mitteilen wollte.

„Wir haben doch die ungeklärten Blutspuren aus dem Tunnel unter dem Rathaus durch unsere Gendatenbank gejagt“, kam Meyer nun ohne Umschweife zur Sache. „Ich habe gedacht, mich trifft der Schlag, als ich gesehen habe, welchen Namen der Computer ausgespuckt hat.“ Meyer atmete so schwer, als würde eine Zentnerlast auf ihm ruhen.

„Jetzt sag halt schon!“, forderte Rottmann ungeduldig. Er hasste es, auf die Folter gespannt zu werden.

„Die Spuren gehören eindeutig zu unserer Altoberbürgermeisterin.“

„Zu wem?“ Rottmann glaubte sich verhört zu haben.

„Das Blut stammt ohne Zweifel von Dr. Rialena Beckstein-Mannfeld!“

Diese Nachricht traf Erich Rottmann wie ein Donnerschlag. Ihm wurde ganz schlecht. Im Auto herrschte beklommenes

Schweigen. Schließlich unterbrach Meyer die Stille. „Ich dachte mir, wenn ich es dir sage, kannst du vielleicht darauf hinwirken, dass sich Frau Dr. Beckstein-Mannfeld freiwillig der Polizei stellt. Das würde ihr in einem späteren Prozess doch zugute gehalten. Ich habe sie immer gemocht.

Die Untersuchungsergebnisse gehen morgen früh per Fax an die Staatsanwaltschaft und an die Kripo. Ich vermute mal, dass man sie dann sofort verhaften wird.“

Es dauerte einen Moment, ehe Rottmann diese Nachricht richtig verstanden hatte. Dann bedankte er sich bei Meyer und versicherte ihm nochmals, dass er nicht darüber sprechen würde, von wem er die Information erhalten hatte. Als er ausstieg, taumelte er regelrecht. Was sollte er jetzt machen? Er war Beamter, auch wenn er sich im Ruhestand befand. Er war seinem Diensteid verpflichtet und durfte Straftätern nicht helfen.

Auf der anderen Seite kannte er die Altoberbürgermeisterin von anderen Fällen her und war sich absolut sicher, dass sie zu einer derartigen Gewalttat nicht in der Lage war. Sicher hatte das Vorhandensein ihrer Blutspuren eine ganz einfache Erklärung.

Er traf eine schwere Entscheidung. Wenn er etwas erreichen wollte, musste er jetzt sofort handeln. Dr. Rialena, wie er sie für sich immer genannt hatte, musste sich noch heute Nacht stellen, sonst war es zu spät.

Rottmann öffnete das Tor der Garage gleich neben seinem Haus, in dem sein alter VW-Käfer untergestellt war. Nachdem Öchsle in den Fußraum des Beifahrersitzes gesprungen war, setzte sich Rottmann hinter das Steuer und startete den Motor. Der spuckte kurz, dann sprang er an. Wenig später war der ehemalige Leiter der Mordkommission auf dem Weg zu einer schwierigen Mission.

Die Wohngegend am Rande von Würzburg war eine typische Stadtrandsiedlung, geprägt von Einfamilien- und Reihenhäusern der anspruchsvolleren Klasse. Auf den Straßen des Viertels herrschte um diese Zeit kaum noch Verkehr.

Als Rottmann sich dem Anwesen näherte, stellte er fest, dass es unbeleuchtet war. Offenbar war niemand zuhause oder die Exoberbürgermeisterin war schon zu Bett gegangen.

Rottmann parkte seinen Wagen direkt gegenüber und stieg aus. Öchsle ließ er zurück. Der Rüde sprang auf den Fahrersitz und sah seinem Herrchen aufmerksam hinterher.

Erich Rottmann klingelte. Als sich nach einer Minute nichts rührte, klingelte er erneut, diesmal länger. Wieder nichts. Diesmal ließ er den Finger fast eine halbe Minute lang auf dem Klingelknopf, ohne Erfolg.

In diesem Augenblick hörte Rottmann aus dem Nachbargrundstück ein Geräusch. Wie aus dem Boden gewachsen stand plötzlich ein Mann im Morgenmantel am Zaun und musterte Rottmann misstrauisch.

„Was wollen Sie da?", fragte er barsch.

Rottmann wusste, dass er jetzt nur mit Freundlichkeit weiterkam. „Ich müsste Frau Dr. Beckstein-Mannfeld dringend sprechen", erklärte er. „Es geht um eine wichtige dienstliche Angelegenheit."

Der Mann schüttelte den Kopf. „Da werden Sie Pech haben. Die Beckstein-Mannfelds sind vor zwei Tagen mit Sack und Pack auf eine Auslandsreise gegangen. Ich passe auf das Anwesen auf."

Rottmann fluchte innerlich. „Hat sie gesagt, wann sie zurückkommt?"

„Ich sagte doch: eine längere Auslandsreise. Sie meinte, dass es mehrere Monate dauern würde." Er warf Rottmann wieder einen misstrauischen Blick zu. „Ich denke, sie sollten jetzt gehen. Hier fährt die Polizei ständig Streife, weil hier so viel Prominenz wohnt."

Rottmann hatte die versteckte Drohung sehr wohl verstanden. Er bedankte sich höflich und stieg wieder in sein Auto. Er war zu spät gekommen. Die Ermittlungsbehörden würden diese Auslandsreise mit Sicherheit als Flucht auslegen. Womöglich war das auch so. Jetzt würde die Maschinerie der Justiz anlaufen, die sehr langsam, aber unaufhaltsam arbeitete.

In dieser Nacht schlief Rottmann ausgesprochen schlecht.

Mehrere Tage später

Als der Postbote am Samstagmorgen klingelte, war Elvira noch im Morgenmantel. Über die Sprechanlage erklärte er ihr, dass er eine Postsendung für sie habe, die er nicht in den Briefkasten werfen wollte. Sie drückte den Türöffner, dann eilte sie zur Wohnungstür.

„Guten Morgen, Frau Stark", rief der junge Mann in blau-gelber Berufskleidung, „ich habe hier einen gefütterten Brief, den ich nicht durch den Schlitz des Briefkastens quetschen wollte." Er überreichte Elvira einen dicken Briefumschlag, der den Aufkleber „Air Mail" trug.

„Wer schickt mir denn Luftpost?", wunderte sie sich.

„Scheint aus Argentinien zu sein", erklärte der Postbote und wies mit dem Zeigefinger auf die bunte Briefmarke. Jetzt war Elvira Stark richtig neugierig.

Sie ging in die Küche, holte ein scharfes Messer und schlitzte den Umschlag vorsichtig auf.

Als sie einen Papierbogen herauszog, fiel ihr eine DVD-Hülle entgegen. Sie legte die Hülle zur Seite und faltete zuerst das Blatt auseinander. Es war nur mit wenigen Zeilen handschriftlich beschrieben. Die Handschrift kam ihr bekannt vor.

Liebe Elvira, Sie wundern sich sicher über diese geheimnisvolle Post. Aber ich denke, ich bin Ihnen bezüglich der Geschehnisse der vergangenen Zeit eine Aufklärung schuldig. Sie waren immer eine liebenswerte, absolut loyale Mitarbei-

terin. Wenn ich es richtig überlege, wahrscheinlich eine der wenigen ohne Hintergedanken in diesem Haifischbecken, das sich Rathaus nennt. Sehen Sie sich die beigefügte DVD an, dann wissen Sie Bescheid. Wenn Sie wollen, können Sie auch Ihren Freund Erich Rottmann informieren.
Im Übrigen würde ich Sie bitten, meine Nachricht vertraulich zu behandeln.
Leben Sie wohl!
Ihre Rialena Beckstein-Mannfeld

Wie vom Schlag getroffen sank Elvira auf ihren Küchenstuhl. Was machte ihre einstige Chefin in Argentinien? Langsam drehte sie die DVD in der Hand. Bedauerlicherweise besaß sie keinen Computer. Sie konnte den Datenträger also nicht abspielen. Mit Rottmann verhielt es sich nicht anders.

Sie überlegte einen Augenblick, dann hatte sie eine Idee. Sie griff zum Telefon. Erich Rottmann war noch zuhause.

„Guten Morgen, Erich", sagte Elvira, „kennst du dich mit Computern aus?"

Erich Rottmann war für einen Augenblick völlig verdattert. Bei Elvira war man vor Überraschungen wirklich nicht sicher. Was sollte das nun wieder? „Wieso, hast du dir jetzt auch eine von diesen Kisten zugelegt?"

Elvira lächelte, was Rottmann natürlich nicht sehen konnte. „Nein", gab sie zurück. „Ich bräuchte nur jemand, der mir hilft, eine DVD abzuspielen. Bringst du das fertig?"

Sie hörte Rottmanns aufgebrachtes Schnauben. „Bis zu meiner Pensionierung habe ich täglich an einem solchen Ding gesessen. Oder glaubst du, wir haben bei der Polizei noch mit dem Meißel in Steinplatten graviert?" Er kam wieder zum Thema: „Wo willst du denn jetzt einen Rechner herbekommen? Ich besitze auf jeden Fall keinen."

„Das weiß ich. Da nur wir beide vom Inhalt der DVD Kenntnis bekommen sollen, schlage ich vor, dass du mich ins Rathaus begleitest. Dort stehen jede Menge dieser Kästen herum. Sicher hat keiner was dagegen, wenn wir einen davon mal kurz benutzen."

Erich Rottmanns graue Zellen waren um diese Tageszeit noch nicht in Höchstform. Man hätte auch sagen können, dass er völlig auf der Leitung stand. „Was für eine DVD?", wunderte er sich.

Elvira antwortete ihm nur: „Pass auf, Erich, wir treffen uns in einer Viertelstunde unten auf der Straße, dann gehen wir zusammen ins Rathaus. Unterwegs werde ich dir dann erklären, um was es geht. Ich bin sicher, es wird dir die Sprache verschlagen!"

Eine der hervorstechendsten Eigenarten eines guten Ermittlers ist Neugierde. Elvira war es mit wenigen Worten gelungen, diese bei Erich zu wecken.

„Also gut, ich komme runter", erwiderte er, „ich wollte sowieso mit Öchsle Gassi gehen."

Da Öchsle sich unterwegs erleichtern sollte, wählten sie den Weg am Mainufer entlang. Von dort aus kam man über die Alte Mainbrücke ebenfalls zum Grafeneckart.

Als Rottmann den kurzen Brief gelesen hatte, blieb er betroffen stehen. „Das gibt es doch nicht. Unsere Rialena in Südamerika! Und hier wird sie von den Ermittlungsbehörden gesucht. Ich hätte niemals geglaubt, dass sie in die Ermordung des Stadtbaurats verwickelt ist."

Elvira machte ein ärgerliches Gesicht. „Jetzt warte doch mal ab, was auf der DVD ist. Ich kann mir nicht vorstellen, dass sie etwas mit der Sache zu tun hat."

„Warum ist sie dann weg? Das sieht doch verdammt nach Flucht aus!"

„Komm, schauen wir uns an, was sie geschickt hat. Dann änderst du vielleicht deine Meinung."

Sie betraten das Rathaus von der Karmelitenstraße aus.

„Sind die Computer nicht durch Passwörter geschützt?"

Elvira nickte. „Stimmt ... stimmt auch wieder nicht. Darüber darf man aber nicht sprechen. Ich weiß zum Beispiel, dass Stadtrat Nabenschlager sein Kennwort unter die Tastatur geklebt hat, weil er es immer wieder vergisst. Nabenschlager ist doch dein Freund. Er hat sicher nichts dagegen, wenn wir mal kurz seinen Rechner benutzen."

Rottmann zuckte mit den Schultern.

Vorsichtshalber klopfte Elvira an Nabenschlagers Bürotür. Wie erwartet kam keine Antwort. Elvira Stark schloss mit ihrem Generalschlüssel auf.

Der Computer stand auf einem kleinen Tisch neben dem Schreibtisch. Nach kurzem Zögern drückte Rottmann den Einschaltknopf. Der Rechner zirpte melodisch, während er hochfuhr. Der Exkommissar setzte sich auf Nabenschlagers Bürostuhl, dann hob er die Tastatur in die Höhe. Tatsächlich hatte der Stadtrat sein Passwort unter das Keyboard geklebt. Der Exkommissar gab es ein, eine Minute später war der Computer einsatzbereit. Elvira holte die DVD aus der Hülle und reichte sie Rottmann. Der öffnete die Schublade des DVD-Players und legte den Datenträger hinein. Auf dem Bildschirm erschien nach kurzem Flackern das Gesicht von Dr. Rialena Beckstein-Mannfeld. Die ehemalige Oberbürgermeisterin saß irgendwo in einer sonnenbeschienenen Landschaft im Freien an einem Tisch. Sie trug ein buntes Sommerkleid, im Hintergrund konnte man das Blau des Meeres erkennen. Vor ihr stand ein halb gefülltes Weinglas. Auf ihrer Miene spielte ein Lächeln.

Elvira riss die Augen weit auf. „Mein Gott, sie hat sich den Dutt abschneiden lassen. Sie sieht jetzt viel jünger aus!"

In dem Moment begann Rialena Beckstein-Mannfeld zu sprechen und Elvira Stark verstummte.

„*Liebe Elvira, ein herzliches Grüß Gott nach Würzburg. Fast könnte ich wetten, dass Sie die DVD mit Herrn Rottmann zusammen ansehen. Für diesen Fall auch Ihnen, lieber Erich Rottmann, meinen Gruß.*

Ich kann mir vorstellen, wie verwundert Sie sein müssen, von mir diese Botschaft zu bekommen. Lassen Sie mich gleich vorausschicken, die Post wurde zwar in Argentinien aufgegeben, aber falls mich die deutschen Behörden dort suchen sollten, werden sie es vergeblich tun. Sie werden sicher verstehen, dass ich Ihnen meinen konkreten Aufenthaltsort nicht verrate.

Mir geht es hier gut. Sicher werde ich irgendwann Würzburg und meine Unterfranken vermissen, aber alles hat seinen Preis. Man ist mit mir während meiner Amtsperiode ja nicht immer ganz fair umgesprungen." Sie schöpfte einen Augenblick Atem. „*Der Gipfel aber war die Manipulation des Stadtrats und meiner Person, als es um den Grundstücksverkauf am Unteren Markt ging. Wenn ich es heute noch einmal zu entscheiden hätte, würde das Petrinihaus sicher nicht mehr gebaut, das können Sie mir glauben. Nicht nach dem, was ich mittlerweile darüber weiß. In den nächsten Tagen werden einige Personen in der Stadt von mir Päckchen bekommen. Ich könnte mir vorstellen, dass der Inhalt in diesen Kreisen für einigen Wirbel sorgen wird.*

Lieber Erich Rottmann, mir ist klar, dass die Polizei mich zu den Verdächtigen zählt, die am Tod Buschwächters schuldig sein könnten. Das ist mit ein Grund, warum ich mich von Würzburg verabschiedet habe. Sie können mir glauben, dass ich mit dem bedauerlichen Ableben meines ehemaligen Mitarbeiters absolut nichts zu tun habe. Aber ich kann es nicht beweisen. Gewiss, ich war in dem unterirdischen Gang, als auch er sich dort befand. Vermutlich suchten wir beide dasselbe, den Schatz des Antonio Petrini.“ Nachdenklich rieb sie an ihrem Weinglas, dann fuhr sie fort: „*Buschwächter war allerdings nicht alleine. Es war ein weiterer Mann bei ihm, der es plötzlich recht eilig hatte, zu verschwinden. Er ist in Richtung Petrinihaus geflüchtet. Von dort müssen die beiden auch gekommen sein. Vermutlich gibt es dort auch einen Eingang zum Stollen. Das konnte ich aber nicht überprüfen.*

Als ich dann zu Buschwächter ging, war er bereits tot. Neben ihm lag ein großer Steinbrocken voller Blut.

Lange habe ich darüber nachgedacht, ob die Gefahr besteht, dass die Polizei mich verdächtigt. Dann war mir klar: Ich hatte mich beim Abbruch der Steinmauer vor dem Tunneleingang im Rathauskeller an der Hand verletzt. Als ich später den schweren Steinbrocken zur Seite rollte, habe ich wahrscheinlich eine Spur meines eigenen Blutes daran hinterlassen. Das musste die Polizei bei der Untersuchung des Tatorts finden.

Ob der Unbekannte Buschwächter erschlagen hat oder der Stein aus der brüchigen Decke des Stollens herausgebrochen ist, kann ich nicht sagen. Der gesamte Gang war völlig instabil und die Decke porös.

Ich war es auf jeden Fall nicht! Herr Rottmann, bitte finden Sie heraus, wie der Mann zu Tode gekommen ist. Irgendwann möchte ich wieder mal in meine Heimat zurückkommen können, ohne am Flughafen verhaftet zu werden.

Es war mir ein dringendes Bedürfnis, Ihnen beiden dies mitzuteilen, weil ich mir gut vorstellen kann, was die Presse in Würzburg über mich schreibt.“ Plötzlich griff sie neben sich und stellte eine dunkle Weinflasche vor sich auf den Tisch. „*Noch eine Kleinigkeit*“, erklärte sie leicht schmunzelnd, „*etwas habe ich mir doch vom Schatz des Petrini angeeignet.*“ Sie drehte die Weinflasche herum. Die Kamera zoomte voll darauf.

Rottmann konnte erkennen, dass der Verschluss mit Wachs verschlossen war. Am Flaschenhals war ein Siegel angebracht. „*Es handelt sich um einen Riesling aus dem Jahre 1675. Ein sehr wertvoller Wein, wie ich mir habe sagen lassen.*“ Die Kamera fuhr wieder in ihre Ausgangsposition. Die ehemalige Oberbürgermeisterin hob das Weinglas und hielt es in die Kamera. „*Lieber Herr Rottmann, das interessiert Sie vielleicht. Dies ist ein Sauvignon Blanc. Natürlich ist das kein fränkischer Silvaner, aber durchaus trinkbar. In diesem Sinne zum Wohlsein und einen herzlichen Gruß nach Unterfranken.*“ Als sie das Glas an die Lippen führte, verdunkelte sich das Bild.

Erich Rottmann und Elvira starrten, völlig gefangen von dem Gesehenen, noch einige Zeit auf den Bildschirm, dann beugte sich Rottmann vor und entnahm die DVD. „Das ist echt der Hammer“, brummte er, während er den Computer wieder herunterfuhr.

„Unsere Rialena in … in … ach, ist ja egal wo.“ Elvira schüttelte den Kopf.

„Was machen wir jetzt damit?“ Sie blickte auf die silberne Scheibe in Rottmanns Hand. „Sie hat um Diskretion gebeten.“

Der Exkommissar zuckte mit den Schultern. „Ich sehe keinen Grund, die Sache an die große Glocke zu hängen. Aber ich werde auf jeden Fall Deichler die DVD zeigen. Mal sehen, wie der momentane Stand der Ermittlungen ist. Sicher wird Rialena die Reise ins Ausland als Flucht ausgelegt. Sie hätte sich besser gestellt.“ Er stand langsam auf. „Irgendwie tut mir die Frau leid. Ständig der Ärger in dieser Stadt und jetzt auch noch der dauerhafte Verzicht auf Frankenwein. Das ist schon ein bisschen wie die Vorhölle.“

Elvira sah ihren Jugendfreund aufmerksam an. Sie konnte keinen Funken Spott in seinen Augen sehen. Erich Rottmann meinte das wirklich ernst.

Die beiden verließen wenig später das Rathaus. Für Rottmann war der Fall noch lange nicht gelöst.

Elvira hatte allerdings noch ein anderes kleines Problem, das sie schon seit ein paar Tagen mit sich herumschleppte und über das sie mit Erich dringend reden musste. Ein Gespräch, das, wie sie jetzt schon wusste, nicht einfach sein würde.

Erich Rottmann jedoch hatte es plötzlich sehr eilig und verabschiedete sich so schnell von Elvira, dass sie wieder einmal keine Gelegenheit hatte, ihr Anliegen zur Sprache zu bringen. Zuerst rümpfte sie die Nase, als sie das Zweigespann Rottmann-Öchsle in Richtung Alte Mainbrücke davoneilen sah, dann zuckte sie mit den Schultern. So war Erich Rottmann nun mal. Da half nur Geduld.

Selbstverständlich hatte er kein Wort gesagt, weshalb er es plötzlich so eilig hatte. Die DVD hatte er ganz beiläufig eingesteckt. Langsam schlenderte Elvira die Domstraße hoch. Wenig später ließ sie sich auf den Stühlen eines italienischen Eiscafés nieder. Sie musste die Geschichte mit dieser merkwürdigen Botschaft aus dem Ausland erst einmal verdauen.

Erich Rottmann überquerte die Alte Mainbrücke nicht. Er stieg vorher die Treppe hinunter zum Mainufer. Die Botschaft auf der DVD hatte ihn sehr aufgewühlt. Schon seit zwei Tagen hatte er nichts mehr von Florian Deichler gehört, obwohl dieser ihn doch auf dem Laufenden hatte halten wollen. Er vermutete, dass Krämer dahintersteckte.

Während Öchsle interessiert am Mainufer herumschnupperte, zog Rottmann sein Mobiltelefon heraus und wählte die Nummer seines ehemaligen Mitarbeiters.

„Ach, Erich, du bist es“, gab Deichler mit gedämpfter Stimme zurück. Rottmann war sofort klar, dass Deichler wegen Krämer so leise sprach. Vermutlich war sein Amtsnachfolger ganz in der Nähe.

„Servus, Florian", gab Rottmann zurück. „Du hast mir doch versprochen, dass du mich bezüglich des Weindorfmordes informierst.

„Weiß ich", gab Deichler zurück. „Aber es geht im Augenblick wirklich nicht."

„Kannst du eventuell weg?"

„Ja", erwiderte Deichler zögerlich, „das müsste gehen. In einer Viertelstunde etwa. Aber nicht lange! Wo?"

„Komm runter zum Main. Auf Höhe der Mainkuh sind ein paar Bänke. Du hast doch einen Laptop; kannst du den mitbringen? Ich habe da etwas, was du dir unbedingt anschauen solltest."

Florian Deichler sagte zu, dann hatte er auch schon aufgelegt.

Es dauerte fast eine halbe Stunde, bis er mit einer Laptoptasche in der Hand auftauchte. Nachdem Öchsle den Kriminalbeamten ausgiebig begrüßt hatte, fragte dieser: „Was ist denn so dringend? Und wofür brauchst du einen Computer?"

„Warte es ab", gab Rottmann zurück. „Zuerst sag mir mal, wie der Ermittlungsstand in Sachen Buschwächter ist."

Der Kommissar sah seinen ehemaligen Chef von der Seite her an. „Aber von mir hast du die Info nicht. Versprochen?"

Rottmann nickte zustimmend. „Also, jetzt schieß schon los!"

Deichler räusperte sich, dann überzeugte er sich davon, dass niemand in der Nähe war, schließlich begann er: „Die Spurensicherung hat den Stollen wieder einigermaßen gesichert, so dass wir ihn untersuchen konnten. Es war trotzdem ein ziemliches Himmelfahrtskommando."

„Und, habt ihr was Verwertbares gefunden?"

„Das kann man wohl sagen", gab Deichler zurück. „In einer Nische stand in einem halbverrotteten Schrank eine alte eisenbeschlagene Truhe. Sie war bis auf ein paar alte Weinflaschen leider leer. Ein paar Stützbalken sind draufgefallen, so dass nichts mehr heil geblieben war. Nach der Beschaffenheit des Äußeren ist die Truhe uralt. Sie muss aber erst vor kurzem geöffnet worden sein, da das Holz im Inneren noch relativ hell und nicht verwittert war."

„Fingerabdrücke?"

„Nichts Verwertbares. Wir sind dann weiter vorgedrungen, weil ich sicher war, dass wir dort auf den anderen Zugang zum Tunnel stoßen würden. Wenig später stießen wir auf eine weitere Einsturzstelle. Kurz davor fanden wir den Tatort, wo Buschwächter umgekommen sein muss. Es war alles voller Blut und der Steinbrocken, der ihn am Hinterkopf getroffen hatte, lag auch da. Wir haben die Spuren gesichert und dann auch die zweite Einsturzstelle beseitigt. Dabei haben wir einen Rucksack mit Grabwerkzeug entdeckt, den wir sichergestellt haben. Wir haben auf dem Material mehrere Fingerabdrücke gefunden."

„Ein Bekannter?", fragte Rottmann knapp.

Deichler nickte. „Das kann man so sagen. Es handelt sich um Vladimir Müller. Vorbestraft wegen einiger Eigentumsdelikte und wegen versuchter Erpressung und schwerer Körperverletzung. Also ein durchaus gewaltbereiter Zeitgenosse. Wir konnten ihn leider nicht festnehmen, weil er seit einer Woche verschwunden ist. Er wurde zur Fahndung ausgeschrieben."

„Das war dann offenbar der zweite Mann, der mit Buschwächter in den Tunnel eingestiegen war. Hast du ein Fahndungsfoto von dem Kerl?"

Deichler sah Erich Rottmann aufmerksam an. „Du fragst so gezielt. Hast du irgendwelche Informationen, die du mir vorenthältst?"

Rottmann wiegte den Kopf. „Sprich du erst mal zu Ende, dann bin ich dran."

Florian Deichler wusste, dass es keinen Sinn hatte, in Rottmann zu dringen, wenn er nichts sagen wollte. „Ich habe ein Foto auf dem Laptop. Warte!"

Er öffnete den tragbaren Computer und fuhr ihn hoch. Eine Minute später füllte das Fahndungsfoto von Vladimir Müller den Bildschirm, aufgenommen vor einigen Monaten bei einer Vernehmung wegen schwerer Körperverletzung.

Rottmann prägte sich das Gesicht ein. Man wusste ja nie, wofür es gut war.

„Der größte Hammer kommt aber zum Schluss", fuhr Deichler fort, nachdem er das Bild wieder weggeklickt hatte. „Du hältst zuverlässig dicht?"

Rottmann runzelte verärgert die Stirn. „War ich schon jemals eine Plaudertasche?"

„Wir haben auf der Truhe feine Blutanhaftungen gefunden. Sie sind identisch mit den Spuren, die auf dem Schutt vor dem Tunneleingang im Rathauskeller gesichert wurden, und dem Blut, das wir auf dem Tatwerkzeug, dem Steinbrocken, gefunden haben." Er legte eine Kunstpause ein, dann fuhr er fort, wobei er Rottmanns Gesicht neugierig musterte: „... und rate mal, wen der Computer ausgespuckt hat!"

Der ehemalige Leiter der Mordkommission verzog keine Miene. Er tat so, als müsse er gähnen, dann sagte er: „Ich nehme mal an, Frau Dr. Rialena Beckstein-Mannfeld."

Deichler riss vor Erstaunen den Mund weit auf. Es dauerte einige Augenblicke, ehe er stammelte: „Kannst du hellsehen?"

Jetzt musste Rottmann doch lächeln. „Hier, leg mal diese DVD ein, dann weißt du genauso viel wie ich."

Verdutzt tat Deichler, was Rottmann ihm geheißen hatte.

Zunächst mit Verwunderung, dann mit ständig wachsendem Interesse verfolgte der Kripobeamte die Botschaft der ehemaligen Oberbürgermeisterin. Als der Bildschirm dunkel wurde, sah er Rottmann nur kopfschüttelnd an. „Es stimmt, Krämer hat gegen sie ebenfalls einen Haftbefehl erwirkt, weil er Fluchtgefahr befürchtete. Als wir zuhause bei ihr auftauchten, um sie zu befragen, war das Haus verlassen. Das hätte ich niemals von ihr gedacht."

„Also komm, du hast doch gehört, was sie gesagt hat. Nie und nimmer hat sie Buschwächter erschlagen!"

„Sagt sie", erwiderte Deichler. „Die Spuren berechtigen aber durchaus zu einem konkreten Tatverdacht."

„Da kommt doch dieser Vladimir Müller viel eher in Betracht. Sind die Untersuchungen schon abgeschlossen?"

Florian Deichler schüttelte den Kopf. „Wir müssen noch verschiedene Untersuchungen an dem Steinbrocken vornehmen. Wir haben die Stelle gefunden, wo er möglicherweise von ihm oder ihr aus der Decke herausgerissen wurde … oder herausgefallen ist."

„Ihr müsst zusehen, dass ihr diesen Müller erwischt. Das ist mit Sicherheit euer Mann! Das sagt mir mein Instinkt."

Deichler klappte den Laptop wieder zu und schob ihn in die Umhängetasche. „Wir geben uns Mühe. Erich, tut mir leid, ich muss jetzt wieder zurück. Wir haben ziemlich viel zu tun."

Die beiden schüttelten sich die Hände, dann ging Deichler zur Polizeidirektion zurück. Rottmann schlenderte hingegen in Richtung Randersacker. Er wollte Öchsle noch etwas Auslauf gönnen. Bei dieser Gelegenheit konnte er sich auch noch ein paar Gedanken machen. Es kam ihm höchst fragwürdig vor, dass sich der verblichene Stadtbaurat mit einem derart zwielichtigen Burschen wie Vladimir Müller zusammengetan hatte. Eigentlich konnte das nur bedeuten, dass Buschwächter den Typen für irgendwelche krummen Dinge gebraucht hatte. Wenn er den Schatz für die Stadt hätte heben wollen, hätte er das Unternehmen doch ganz offiziell laufen lassen können.

Öchsle hatte sich zwischenzeitlich eine seichte Stelle am Ufer ausgesucht, um langsam in den Main hineinzusteigen. Der Rüde war kein großer Wassersportler, aber hin und wieder, wenn es schön warm war, schwamm er schon mal eine Runde.

Rottmann wartete geduldig, bis sein vierbeiniger Freund wieder herauskam und sich gründlich das Wasser aus dem Fell schüttelte. Für kurze Zeit stand Rottmann in einem dichten Tropfenschauer. Als Öchsle einigermaßen trocken war, drehte sich Rottmann um und marschierte wieder der Stadt zu. Öchsle trippelte ihm hinterher und hinterließ dabei eine feuchte Pfotenspur auf dem Asphalt.

Die Weinlaube *Zum Weingasthof* am Oberen Markt, in der Nähe des Falkenhauses, war um 19 Uhr bis auf den letzten Platz besetzt. Die Bedienungen hatten alle Hände voll zu tun, um die zahlreichen Wünsche der Gäste zu erfüllen. Die Schoppenfetzer saßen in einer Ecke der Laube und trugen nicht unwesentlich zur allgemeinen Lautstärke bei.

Erich Rottmann, dessen Erinnerung an den Leberkäsreinfall von vor ein paar Tagen noch sehr frisch war, dessen Magen aber nachhaltig nach festen Nahrungsbestandteilen gierte, entschied sich für ein Paar Bratwürste mit Sauerkraut und Brot. Da konnte man wirklich nicht viel falsch machen. Wie gewohnt bestellte er sich dazu einen Silvaner.

Hätte man Öchsle nach seiner Meinung zu der Hundeliegesituation auf dem Weindorf befragt, wäre das Urteil sicher sehr kritisch ausgefallen. Unter den schmalen Bierbänken hatte er kaum Platz. Ständig wurde er gestoßen oder musste irgendwelchen Schuhen ausweichen. Und einen ordentlichen Leberkäs gab es hier auch nicht. Öchsle sehnte sich ganz einfach nach seinem gewohnten Platz unter der Bank im Maulaffenbäck.

Wieder einmal ging es beim Stammtischgespräch um das leidige Thema Petrinihaus, weil in der Main-Postille ein Artikel über eine Gruppe Jugendlicher gestanden hatte, die das Bankgebäude im Rahmen einer Mutprobe erklettert hatte. Zu allem Überfluss hatten die Jugendlichen dann auch noch auf die Glasfläche des Daches mit roter Farbe „Tobi liebt Jule“ gesprüht.

Bei der Diskussion stellte sich heraus, dass eigentlich alle Schoppenfetzer und auch die Leute an den Nachbartischen, die das Thema mitbekamen, alle schon immer gewusst hatten, dass die Querriegel der Fassade als Klettergerüst prädestiniert waren.

Als Rottmann seine Bratwürste serviert bekam, hatte die Bedienung Mühe, zu ihm durchzudringen. Sie reichte daher den Teller Ron Schneider, mit der Bitte, ihn an Rottmann weiterzugeben. Als der Teller bei dieser Aktion gerade über dem Kopf von Dr. Ritter schwebte, erhielt die Bedienung von einem anderen Gast einen Stoß, so dass sich ein Teil der Krautbrühe über Horst Ritters Schulter ergoss. Der sprang wie von der Tarantel gestochen in die Höhe, wodurch der Teller wiederum einen Stoß erhielt und nun die Bratwürste den Freiflug erprobten. Eine Sekunde später landeten sie mit Karacho spritzend im Schoppenglas von Dr. Ritter.

Der Mann, der die Bedienung angerempelt hatte, entschuldigte sich überschwänglich und erklärte, dass er die Bratwürste und selbstverständlich auch die Kosten für die Reinigung von Dr. Ritters Kleidung übernehmen würde.

Rottmann sah sich um. Er kannte den Mann aus der Zeitung. In zahlreichen Artikeln hatte er für die Errichtung des Petrinihauses geworben. Es war der Direktor der BR-Bank, Arnulf Hünnerklein.

„Na, der kann es sich ja auch leisten“, stellte Ron Schneider fest und wischte mit einem Bierdeckel über die Pfützen auf dem Tisch. Währenddessen räumte die Bedienung die baden gegangenen Bratwürste weg.

Beiläufig beobachtete Erich Rottmann, wie sich der Banker in einer Ecke der Weinlaube niedersetzte. Der Mann machte auf den Exkommissar einen angespannten Eindruck. Gar nicht wie ein Mensch, der ein Weinfest besucht, um sich zu amüsieren.

Rottmann wandte sich wieder seinem Tisch zu, weil die Bedienung in Windeseile mit Ersatzbratwürsten kam. Diesmal landeten sie sicher vor Erich Rottmann. Er griff zum Besteck und ließ es sich schmecken.

Rein zufällig blickte Rottmann einige Zeit später wieder in Richtung Hünnerklein. Der war nicht mehr alleine. Ihm gegenüber saß ein kräftiger Mann mittleren Alters, der Rottmann den Rücken zukehrte. Die beiden hatten sich über die Tischplatte gebeugt und unterhielten sich angeregt. Rottmann sah genauer hin. Einen Augenblick später war er sicher, dass die beiden miteinander stritten, wobei Hünnerkleins Gegenüber offenbar das Wort führte. Jetzt ballte er sogar die Fäuste und fuchtelte dem Banker damit vor der Nase herum. Dabei wandte der Mann etwas den Kopf und Rottmann konnte sekundenlang sein Profil sehen. Die Erkenntnis traf ihn wie ein Blitzschlag. Vor seinem geistigen Auge erschien das Fahndungsfoto, das Deichler ihm wenige Stunden zuvor auf dem Laptop gezeigt hatte.

Es gab keinen Zweifel, das war Vladimir Müller oder sein eineiiger Zwillingsbruder. Was hatte dieser Ganove mit dem Direktor einer Bank zu schaffen?

„Hey, Erich, was ist los mit dir?“, rief Ron Schneider über den Tisch herüber, „du machst Verrenkungen wie ein Wendehals.“

Erich Rottmann lächelte nur knapp, dann konzentrierte er sich wieder auf die Szene in der Ecke der Weinlaube.

Plötzlich erhob er sich. Sein Instinkt als Polizist sagte ihm, nein, schrie ihm entgegen, dass er hier schnell eingreifen musste. Bevor er seinen Platz verließ, beugte er sich zu Dr. Ritter hinunter.

„Horst, bitte ruf die Polizei an und sage ihnen, sie sollen Kommissar Deichler vom Morddezernat verständigen. Er soll mit einer Zivilstreife hierherkommen. Aber diskret. Es gilt, einen Haftbefehl zu vollziehen."

Ritter öffnete den Mund, um Rottmann zu fragen, was dieser Scherz solle. Nachdem er jedoch die angespannte Miene seines Stammtischbruders bemerkt hatte, nickte er nur, stand auf und verließ eilig die Laube, um zu telefonieren.

Als sich Erich Rottmann langsam durch die Weinlaube drängelte, folgte ihm Öchsle auf dem Fuß. Er spürte die Anspannung seines Menschen. Unwillkürlich stellte sich sein Nackenfell auf.

Rottmann ließ Müller nicht aus den Augen, während er sich ihm näherte. Man konnte nicht sagen, ob es der Instinkt des Straftäters oder der Blick Hünnerkopfs war, der plötzlich von seinem Gegenüber abwich und Rottmann ansah. Vladimir Müller drehte sich jedenfalls mit hochrotem Kopf herum. Er fixierte Rottmann einen Augenblick, dann kniff er die Augen zusammen. Womöglich witterte er in dem Mann hinter ihm den Polizisten.

„Sie sind Vladimir Müller?", fragte Erich Rottmann förmlich.

„Wer will das wissen?", knurrte Müller und machte Anstalten sich zu erheben. Rottmann legte ihm seine Hand auf die Schulter und drückte ihn auf den Platz zurück. „Mein Name ist Rottmann, Erich Rottmann. Ich bin der ehemalige Leiter der Mordkommission und nehme sie wegen Verdachts des Mordes vorläufig fest."

„Alter, nimm gefälligst die Hände weg!", brüllte Müller aufbrausend. Er war durch das Gespräch mit Hünnerklein sowieso schon in Rage. Dieser dicke Alte brachte ihn nun vollends auf die Palme. „Du hast wohl schon lange nicht mehr dein eigenes Geschrei gehört!"

Rottmann hatte derartig brenzlige Situationen in seinem Berufsleben häufig erlebt. Es gab Straftäter, die knickten bei einer Festnahme regelrecht ein, während andere gleichgültig, wieder andere aggressiv reagierten.

„Bleiben Sie ruhig“, sagte der Exkommissar mit fester Stimme, so dass er in dem Lärm der Weinlaube noch verständlich war.

Er hatte die Worte noch nicht zu Ende gesprochen, als Vladimir Müller regelrecht explodierte.

„Du verdammtes Schwein hast mich bei den Bullen verpfiffen!“, brüllte er, wobei er Hünnerklein über den Tisch hinweg die Faust ins Gesicht schlug. Der Banker flog mit Schwung von der Bank in die Ecke des Raumes. Sofort schoss ein dicker Blutschwall aus seiner Nase. Müllers Aktion war so schnell erfolgt, dass Rottmann keine Chance hatte einzugreifen. Jetzt aber hatte er seine Schrecksekunde überwunden und fasste Vladimir Müller am Arm.

„Aufhören!“, schrie er ihn an und versuchte, ihn wieder auf die Bank niederzudrücken.

In der Weinlaube war mittlerweile ein größerer Tumult ausgebrochen, weil in dem vollgestopften Raum viele Gäste aufgestanden waren und neugierig herandrängten, um zu sehen, was in der Ecke vor sich ging. Jene Besucher hingegen, die direkt neben Müller und Hünnerklein saßen, versuchten schleunigst außer Reichweite des tobenden Mannes zu kommen.

Erich Rottmann wurde dabei unsanft gestoßen, so dass er gegen Müller taumelte. Dieser wiederum fühlte sich angegriffen und holte zu einem weiteren Schlag aus. Hierbei kam ihm jedoch die Sitzbank in die Kniekehlen und er krachte rückwärt gegen den nächsten Tisch und fiel dann zwischen die Bänke. Rottmann landete mit dem Bauch auf einer der Sitzbänke. Öchsle, den das bestehende Durcheinander grantig gemacht hatte, war unter den Tisch geflohen und bellte wütend darunter hervor.

Müller hatte sich offenbar den Schädel an einer der Sitzbänke angeschlagen und war kurze Zeit orientierungslos. Rottmann rappelte sich erstaunlich elegant zuerst auf. Sofort registrierte er die günstige Gelegenheit. Mit seinem höchst respektablen Körpergewicht setzte er sich schnell auf den Brustkorb des Mannes und drückte dessen Hände mit den Knien auf den Boden. Selbst wenn Müller bei vollen Kräften gewesen wäre, hätte er sich gegen dieses schwergewichtige „Argument“ nicht wehren können.

Öchsle, der seinem Menschen gerne Hilfe geleistet hätte, kam nicht so richtig zum Zug, weil zwischen Rottmann und seiner Umgebung kaum Platz blieb. Schließlich entdeckte er eine kleine Lücke, nutzte die Chance und stellte die Rute auf Attacke. Dann stürmte er hervor und stürzte sich auf Müller. Während er seine Vorderpfoten auf den Brustkorb des Liegenden stützte, fletschte er dicht vor seinem Gesicht bedrohlich die weißen Fangzähne.

Als Vladimir Müller eine halbe Minute später wieder voll bei Bewusstsein war, sah er als Erstes das drohende Gebiss des Hundes vor sich.

„Was soll der Scheiß?“, brüllte er und versuchte, die schwere Last des Schoppenfetzers durch wildes Aufbäumen abzuschütteln. Rottmann kam sich vor, als würde er einen Mustang zähmen. Aber alle Versuche Vladimirs waren umsonst. Jahrelanger Leberkäs- und Schoppengenuss bildeten eine schier unerschütterliche Substanz.

Obwohl der Exkommissar die Situation durchaus genoss, freute er sich, als er hinter sich die Stimmen seiner Kollegen hörte, die sich im Befehlston, auf den Weinfestbesucher auch noch nach mehreren Schoppen reagierten, einen Weg durch die Menge bahnten.

„Na, Erich, jetzt übertreibst du es aber doch ein wenig. In

deinem Alter solltest du solche Raufereien eigentlich unterlassen.“ Deichler stand grinsend hinter ihm, in der Hand ein paar Handschellen.

Rottmann stemmte sich hoch und zog dabei Öchsle am Halsband von seinem Opfer weg.

„Red nicht rum“, gab er kurzatmig zurück, „wenn wir Pensionäre nicht ständig mitarbeiten würden, bekämt ihr doch gar nichts auf die Reihe. Herr Vladimir Müller muss ich dir ja nicht eigens vorstellen.“ Er wies mit der Hand auf den Mann am Boden, der sich gerade ziemlich belämmert hochzog.

Florian Deichler schob sich an Rottmann vorbei und erklärte Müller, der angesichts der Handschellen deutlich ruhiger geworden war, dass er verhaftet sei. Klickend schloss sich die stählerne Acht um Vladimirs Handgelenk.

„Und, soll ich morgen wegen eines Protokolls vorbeikommen?“, wollte der Exkommissar wissen, während er sich die Knie seiner Cordhose sauber klopfte.

Deichler übergab den Verhafteten einem seiner Beamten, dann sah er seinen ehemaligen Chef schräg an. „Erich, hast du was dagegen, wenn wir die Festnahme von Müller als Fahndungserfolg unserer Abteilung verkaufen? Ich glaube, wenn ich Krämer sagen müsste, dass du schon wieder zugeschlagen hast, würde er platzen.“

Rottmann lachte. „Sag also besser nichts von mir. Solch eine Sauerei kann man ja niemandem zumuten.“

Deichler drohte mit dem Finger, dann brachten die Beamten den mittlerweile gefügigen Müller hinaus. Rottmann setzte sich zurück an seinen Platz und widmete sich seinem Schoppen. Es sollte nicht der letzte an diesem Abend sein.

Stadtrat Fettschräuble betrat sein Büro und ließ sich auf seinen Bürostuhl plumpsen. Er hatte eine nervige Sitzung des Bauausschusses hinter sich, in der es zum wiederholten Mal um die Gestaltung verschiedener Flächen in der Stadt ging.

Als es an seine Tür klopfte, richtete er sich auf. „Herein!", rief er.

Es war der Bürobote, der einen Stoß Akten brachte und in einem Regalfach ablegte. „Wo soll ich diese Rolle hinlegen?", fragte er und wies auf eine Papprröhre, die er unter den Arm geklemmt hatte.

„Geben Sie sie gleich her", bat Fettschräuble und machte seine Schreibtischunterlage frei. Nachdem der Mann das Zimmer wieder verlassen hatte, betrachtete der Stadtrat die Rolle genauer. Es handelte sich um eine Papprröhre, in der gewöhnlich Bilder oder Pläne versandt werden. An der einen Seite befand sich ein Schraubverschluss, der verklebt war.

Neugierig geworden, da er derartige Post nicht erwartete, öffnete Fettschräuble das Behältnis. Vorsichtig ließ er den Inhalt herausrutschen. Er erkannte sofort, dass es sich um eine sehr alte Papierrolle handelte. Sie war recht schwer und fest und hatte eine eher gelbliche Farbe. Außerdem entströmte ihr ein leicht muffiger Geruch. Sehr vorsichtig rollte er das Papier auseinander, wobei er die beiden Seiten mit seinem Locher und dem Hefter beschwerte, damit sie nicht wieder zusammenschnellten. Dabei bemerkte er, dass sich in der Rolle noch ein zweites, kleineres Blatt befand. Es schien sich um einen alten Brief zu handeln. Den Schriftzügen nach war der Schreiber männlich. Die Buchstaben waren steil, aber recht verschnörkelt, das Schreiben offenbar in italienischer Sprache abgefasst. Fettschräuble wischte sich über die Augen. Er war Mitglied des deutsch-italienischen Freundeskreises Würzburg und beherrschte die italienische Sprache ganz passabel. Bevor er die Zeilen las, warf er noch einen Blick auf das große Papier. Da er sich schon seit vielen Jahren mit den historischen Gebäuden der Stadt beschäftigte, sah er sofort, dass er den Plan einer Art Gartenanlage oder eines Parks vor sich hatte. Die Linien waren zwar teilweise verblasst, trotzdem aber noch gut zu erkennen.

Nun widmete sich Fettschräuble dem Brief. Laut murmelnd übersetzte er:

Mein lieber Salvatore,
du warst mir viele Jahre ein lieber Freund und wertvoller Berater. Es ist deshalb mein Wunsch, dass du meinen hier niedergelegten letzten Willen vollziehst.

Fettschräubles Herz begann schneller zu schlagen. Es handelte sich offenbar um ein Testament des Baumeisters. Konzentriert las er weiter:

Meine beweglichen irdischen Güter und mein Vermögen vermache ich der Bruderschaft ‚Maria Hilf', die es zum Wohle der Armen und Siechen verwenden soll.
Einst hat mir eine Zigeunerin prophezeit, dass mein Haus durch Feuer und Schwefel vernichtet werden wird. Ich danke dem Herrn, dass dies bisher noch nicht geschehen ist. Vielleicht wird es auch niemals eintreten. Der Schöpfer möge mir verzeihen, dass ich auf Weissagerei gehört und dem Aberglauben angehangen habe. Sollte sich die Prophezeiung jedoch bewahrheiten, soll an dieser Stelle kein Haus mehr entstehen. Vielmehr ist es mein Wunsch, dass dann neben

der Marienkapelle ein Garten für die Würzburger entstehen soll. Dort sollen die Bürger meiner, des Stifters, in liebevoller Erinnerung gedenken können.
Gott befohlen, mein Freund.
Dein Antonio Petrini
Gegeben zu Würzburg am Ostersonntag
im Jahre des Erlösers MDCXCV

Tief beeindruckt lehnte sich Fettschräuble zurück. Er las noch einmal die lateinische Jahreszahl. Das musste 1695 sein. Petrini war 1701 gestorben. Offenbar war sein letzter Wille niemals gefunden worden. Bis jetzt. Irgendjemand schien es für notwendig gehalten zu haben, ihm den letzten Willen des Baumeisters zukommen zu lassen. Er untersuchte die Postsendung. Die Rolle trug eine argentinische Briefmarke, weitere Hinweise auf den Absender gab es nicht.

Der Stadtrat betrachtete den Plan der Gartenanlage, die fast den ganzen Unteren Markt einbezog. Eine wunderbare Idee des Baumeisters. Fettschräuble starrte einige Zeit zum Fenster hinaus, dann verbarg er die historischen Urkunden wieder in der Papprolle. Das Testament war leider einige Jahre zu spät aufgetaucht. Als die Genehmigung des Petrinihauses angestanden hatte, hätte dieser letzte Wille ein großes Gewicht gehabt.

Nichtsdestoweniger war es eine Entdeckung, die man den Würzburgern nicht vorenthalten durfte. Er griff zum Telefon. Zuerst würde er die Wilden Alten zu sich bitten und informieren und dann eine Pressekonferenz anberaumen. Petrinis Testament würde in Würzburg für große Aufregung sorgen, da war er sich sicher.

Der vor kurzem neugewählte Oberbürgermeister der Stadt Würzburg, Georg Thalrose, von vielen aus unerfindlichen Gründen *King Schorsch* genannt, saß in seinem Dienstzimmer hinter seinem Schreibtisch und betrachtete das schwere Paket, das ihm der Hausbote auf den Besprechungstisch gewuchtet hatte. Die Poststelle des Rathauses hatte das Paket nicht geöffnet, da es an ihn höchstpersönlich adressiert war.

Er konnte sich nicht vorstellen, wer ihm eine solche Sendung schickte. Der Amtsbote hatte ihm versichert, dass man es sicherheitshalber durchleuchtet habe und der Inhalt aus einer kompakten, nicht identifizierbaren Masse bestehe.

Oberbürgermeister Thalrose erhob sich schließlich und ging zum Besprechungstisch. Dabei zog er ein Taschenmesser aus der Hosentasche. Das Paket schien aus Argentinien zu kommen. Die Schrift des Poststempels war allerdings kaum zu entziffern.

Die ersten Schnitte führte er zaghaft aus. Als nichts geschah, wurde er mutiger. Wenig später konnte er den Deckel des Pappkartons öffnen. Zunächst sah er nur jede Menge Füllmaterial aus Styropor. Als er die Flocken zur Seite geräumt hatte, kam eine weitere Schachtel zum Vorschein. Die Sache wurde immer mysteriöser. Ihm drängte sich der Verdacht auf, dass sich jemand einen Scherz mit ihm erlaubt hatte.

Als er den Deckel abhob, fielen ihm fast die Augen aus dem Kopf. Die Schachtel war bis zum Rand mit Goldmünzen gefüllt! Obenauf lag ein kleiner Zettel: „Für meinen Nachfolger von seiner Vorgängerin! Anbei der Schatz des Antonio Petrini. Rialena Beckstein-Mannfeld."

Natürlich war Georg Thalrose über die Vorgänge im Keller des Grafeneckart informiert worden. Der rätselhafte Tod des Stadtbaurats hatte ihn zutiefst erschüttert. Er konnte sich nicht vorstellen, wie sich ein erwachsener Mann derart in Gefahr begeben konnte, um einem Hirngespinst wie einem Schatz nachzujagen. Morgen würde die Beisetzung stattfinden. Auf seinem Schreibtisch lag der Entwurf einer Grabrede, die er halten würde.

Die Polizei hatte bei der Untersuchung des Ganges keine Hinweise auf einen Schatz gefunden. Lediglich eine alte Truhe, die ein paar angestaubte Weinflaschen enthielt.

Er nahm eine der Münzen in die Hand und betrachtete sie eingehend. Auf der einen Seite war eine Gestalt eingeprägt, die wohl eine Heiligenfigur darstellen sollte. Auf der anderen Seite war eine stilisierte Lilie zu erkennen. Um den äußeren Rand zog sich eine Inschrift, die er allerdings nicht entziffern konnte. Thalrose hatte zwar keine Ahnung von Münzen, aber sein Gefühl sagte ihm, dass sie echt waren. Vorsichtig legte er sie in die Schachtel zurück. Da würde er wohl einen Experten vom Mainfränkischen Museum zu Rate ziehen müssen.

Noch einmal nahm er den Brief in die Hand und las die kurzen Zeilen. Die Polizei hatte gegen seine Amtsvorgängerin Ermittlungen eingeleitet, weil man auf dem Stein, der Buschwächter am Hinterkopf tödlich getroffen hatte, Blutspuren von ihr gefunden hatte. Als die Kriminalbeamten die Altoberbürgermeisterin vernehmen wollten, war ihr Haus verlassen gewesen. Die Kripo war schließlich gewaltsam eingedrungen, weil man beim Ermittlungsrichter einen Haftbefehl gegen Dr. Rialena Beckstein-Mannfeld erwirkt hatte. Sie und ihr Mann waren tatsächlich von der Bildfläche verschwunden. Nachbarn berichteten, dass die ehemalige Oberbürgermeisterin erzählt habe, ihr Mann hätte einen Lehrauftrag an einer Universität im Ausland erhalten und sie würden einige Jahre dorthin gehen.

Die Übersendung der Münzen schien eine Art Wiedergutmachung zu sein. Man konnte es aber auch als Schuldeingeständnis werten. Auf jeden Fall musste sie im Keller gewesen sein, um sich den Schatz aneignen zu können. Möglicherweise war sie dabei auf Buschwächter gestoßen. Vielleicht war es zum Streit gekommen und sie hatte ihm in dessen Verlauf den Stein auf den Schädel geschlagen? Thalrose schüttelte den Kopf. Er hatte seine Gegnerin im Wahlkampf als durchaus faire Frau kennengelernt. Sie war doch keine Mörderin!

Als es an der Tür klopfte, schloss er schnell den Deckel des Kartons und legte den Zettel mit der Schrift nach unten obenauf. Dann erst rief er: „Herein!“ Es war der Personalratsvorsitzende, der ihn wegen der Trauerzeremonie für Buschwächter sprechen wollte.

Als das Gespräch nach zwanzig Minuten beendet war, griff Thalrose zum Telefon. Er wählte die Nummer von Sebastian Krämer. Es half alles nichts, er musste die Kripo verständigen.

Der Leiter der Mordkommission meldete sich barsch. Als er jedoch Thalrose erkannte, wurde er sofort überfreundlich. Der Oberbürgermeister schilderte dem Kriminalbeamten knapp die Geschichte des Pakets. Nachdem Thalrose den Namen der Absenderin genannt hatte, blieb es am anderen Ende der Leitung einen Augenblick lang still, dann erklärte Krämer, dessen Stimme man das Bedauern anhörte, dass er bezüglich seiner Mitteilung empfand: „Sie können das noch nicht wissen, Herr Oberbürgermeister, aber wir mussten den Haftbefehl gegen Frau Dr. Beckstein-Mannfeld wieder aufheben. Unsere Techniker haben herausgefunden, dass der Tod von Herrn Buschwächter mit an Sicherheit grenzender Wahrscheinlichkeit ein Unfall war. Wir haben die Stelle in der Decke des Tunnels gefunden, aus der der Stein herausgebrochen ist. Er steckte bis über die Hälfte seines Volumens im Erdreich. Aus irgendeinem unerfindlichen Grund, wahrscheinlich wegen der Brüchigkeit der Decke, hat er sich gelöst und ist heruntergefallen. Mit der Seite, die vorher in der Decke steckte, hat er dann Herrn Buschwächter am Hinterkopf getroffen und den Tod verursacht. Es ist äußerst unwahrscheinlich, dass Frau Dr. Beckstein-Mannfeld die Zeit hatte, den Stein herauszubrechen, um ihn dann dem Opfer von hinten auf den Schädel zu schlagen."

Er machte eine kurze Pause, dann sagte er: „Nach dem, was Sie mir geschildert haben, käme vielleicht eine Fundunterschlagung in Frage. Wollen Sie diesbezüglich Anzeige erstatten?" Dann schränkte er aber gleich selbst wieder ein. „Ich kann mir allerdings nicht vorstellen, dass die Bundesrepublik Deutschland wegen eines derartigen Delikts ein Auslieferungsverfahren durchführen würde. Bei südamerikanischen Staaten sowieso ein äußerst schwieriges Unterfangen."

Oberbürgermeister Thalrose hatte Krämer nicht unterbrochen. Als dieser fertig war, meinte er nur: „Vielen Dank, Herr Krämer, dass Sie mich informiert haben. Eine Fundunterschlagung kommt nicht in Frage, weil die betreffenden Münzen hier vor mir auf dem Tisch stehen."

Thalrose bedankte sich, dann legte er erleichtert auf. Der Gedanke, dass eine ehemalige Oberbürgermeisterin von Würzburg unter Mordverdacht stand, war für ihn unerträglich gewesen.

Er wählte erneut eine Nummer. Wenig später betrat der Verwalter der Stadtkasse das Büro seines Chefs.

„Lieber Herr Kocher, bitte wundern Sie sich nicht, aber dort in der Schachtel befinden sich Goldmünzen. Bitte machen Sie eine Bestandsaufnahme. Dann fertigen Sie darüber bitte einen Annahmebeleg und legen Sie die Münzen anschließend in unseren Tresor. Ich werde dafür sorgen, dass in den nächsten Tagen ein Fachmann kommt und die Geldstücke begutachtet."

Der Beamte betrachtete verwundert die alten Münzen. „Mein Gott, Herr Oberbürgermeister, wo haben Sie denn die her? Wenn mich nicht alles täuscht, dann sind das alte Florentiner Golddukaten!“

Thalrose sah seinen Mitarbeiter erstaunt an. „Woher wollen Sie das denn wissen? Mit derartigen antiken Geldstücken haben Sie in der Stadtkasse doch nichts zu tun.“

Der Mann nickte ganz aufgeregt. „Da haben Sie Recht. Aber wissen Sie, seit ich vor Jahren in die Stadtkasse versetzt wurde, habe ich mich mit Numismatik beschäftigt und sammle seitdem selbst. So etwas Feines ist mir aber noch nicht untergekommen. Die stammen vermutlich aus dem 17. Jahrhundert. Das ist ein echter Schatz! Einfach unbezahlbar!“

Der Oberbürgermeister zog erstaunt die Augenbrauen in die Höhe. Dann schien das mit dem Schatz des Petrini doch zu stimmen.

Langsam ließ sich der Kassenverwalter nieder und begann vorsichtig mit den Münzen kleine Häufchen zu bilden. Dabei stieß er immer wieder glückliche Seufzer aus.

Georg Thalrose ließ ihn gewähren. Wenn der Beamte Recht hatte, war dies für die Stadt ein großer Gewinn. Nicht monetär, da man diese Münzen sicher nicht verkaufen würde, aber ideell als Ausstellungsstücke im Mainfränkischen Museum. Aber darüber würde man später entscheiden.

Er setzte sich zurück an seinen Schreibtisch und begann sich in den Entwurf seiner Grabrede zu vertiefen.

Der Haftrichter hatte angeordnet, dass Vladimir Müller aufgrund seiner zahlreichen Vorstrafen, wegen bestehender Fluchtgefahr und, weil er bisher eisern geschwiegen hatte, bis zur Gerichtsverhandlung in Untersuchungshaft bleiben sollte. Zwei Wochen vor Beginn der Verhandlung gegen Müller wurde ein weiterer Untersuchungshäftling, ein richtig schwerer Junge, in die Justizvollzugsanstalt verlegt. Von seinem Verteidiger war ihm angedeutet worden, dass man einen Entlastungszeugen gefunden habe, der unter bestimmten Voraussetzungen bereit wäre für ihn auszusagen.

Drei Tage vor Vladimirs Verhandlungsbeginn hatten die Untersuchungshäftlinge den üblichen Hofgang. Dieser fand getrennt von den Strafgefangenen statt. Das Aufsichtspersonal unterhielt sich, während die Häftlinge ebenfalls untereinander plauderten oder nur herumschlenderten. Als die Männer schließlich von den Beamten aufgefordert wurden, wieder in ihre Zellen zu gehen, blieb Vladimir Müller auf einer Bank sitzen. Einer der Wärter ging zu ihm, als der Häftling auf Zuruf nicht reagierte.

Entsetzt musste der Justizbeamte feststellen, dass aus Müllers Rücken der Griff eines Schraubenziehers ragte. Vladimir Müller gab keinerlei Lebenszeichen mehr von sich.

Eine sofortige Untersuchung der Angelegenheit ergab, dass Müller mit einem zugespitzten Schraubenzieher erstochen worden war. Das Werkzeug war direkt in sein Herz eingedrungen und hatte ihn auf der Stelle getötet. Ein Täter konnte trotz intensiver Befragung der Mitgefangenen nicht ermittelt werden. Spuren waren keine vorhanden.

Der Staatsanwaltschaft blieb nichts anderes übrig, als die Mordsache Vladimir Müller zu den Akten zu legen.

Als Direktor Hünnerklein wenig später die Nachricht erhielt, dass er in dem Verfahren gegen Müller nicht als Zeuge erscheinen müsse, da dieser verstorben sei, atmete Hünnerklein tief durch, dann schenkte er sich einen doppelten Cognac ein. Manchmal ging das Schicksal – das er durch seinen Anruf in Frankfurt entscheidend beeinflusst hatte – doch gnädig mit einem armen Banker um.

Elvira Stark wartete jetzt schon seit fast zehn Minuten vor ihrem Haus auf das bestellte Taxi – und auf Erich Rottmann. Neben ihr stand ihr kleiner Handkoffer, den sie für das Wochenende in Hamburg gepackt hatte. Gerade hatte Rottmann am Telefon noch erklärt, dass er sofort herunterkommen würde. Jetzt ließ er auf sich warten. Hoffentlich hatte er es sich nicht in letzter Minute anders überlegt! Es war sowieso ein äußerst schwieriges Unterfangen gewesen, Erich, den eingefleischten Mainfranken, zu einer Reise ins außerfränkische Ausland nach Hamburg zu überreden. Hinzu kam der Umstand, dass diese Fahrt zwei Tage intensive Nähe zu Elvira Stark bedeutete. Für den eingefleischten Junggesellen Rottmann ein höchst bedrohliches Unterfangen.

Schon seit Wochen hatte Elvira immer wieder mit kleinen Andeutungen versucht, auf die Hochzeit ihres Patenkindes hinzuweisen, das beabsichtigte, einen Mann aus der Lüneburger Heide zu ehelichen. Elvira Stark hatte hierzu selbstverständlich eine Einladung bekommen, in der sie mit männlicher Begleitung herzlich zur Feier eingeladen wurde. Für Elvira keine Frage, dass sie sich dieser gesellschaftlichen Verpflichtung nicht entziehen konnte … und auch nicht wollte. Was den männlichen Begleiter betraf, stand für sie kein anderer als Erich Rottmann zur Wahl. Jetzt bestand nur noch das Problem, den Auserwählten dazu zu bewegen, mit ihr zu fahren.

Die Tatsache, dass sie ihrem Jugendfreund bei dessen unterirdischen Ermittlungen intensiv zur Seite gestanden hatte, er also in ihrer Schuld stand, nutzte sie schamlos aus. Mit zerknitterter Miene hatte Rottmann schließlich nachgegeben. Natürlich nur unter der Bedingung, dass er Öchsle mitnehmen konnte.

Wieder sah sie auf ihre Armbanduhr. Endlich bog ein Taxi aus Richtung Mainkai kommend in die Rosengasse ein. Fast zeitgleich öffnete sich die Eingangstür des Nachbarhauses und Erich Rottmann kam heraus. Zu Elviras Verwunderung trug er die gleiche Kleidung wie alle Tage. Hinter sich her schleppte er allerdings einen geräumigen Koffer auf Rollen. Öchsle trippelte aufgeregt nebenher. Der Rüde freute sich offenbar erheblich mehr auf die bevorstehende Reise als sein Herrchen.

„Wo bleibst du denn?", fragte Elvira Stark genervt.

Rottmann zuckte regelrecht zusammen und runzelte die Stirn. Dieser „eheliche Beiklang", wie er es nannte, ging ihm ziemlich die Nase hinauf. „Du hast doch gesagt, dass ich für die Hochzeit geeignete Kleider mitnehmen soll. Weil ich nicht wusste, was du für geeignet hältst, habe ich ganz einfach einmal querbeet eingepackt. Kann gut möglich sein, dass mir einiges gar nicht mehr passt. – Außerdem habe ich die Hundeleine nicht gefunden. Du siehst, nur Stress! Purer Stress!"

Elvira lächelte. Und da sagte man immer, dass Frauen auf Reisen zu viel Gepäck mitnehmen würden. Sie wusste, dass sie das alles mit Humor nehmen musste, etwas anderes hatte gar keinen Sinn. Rottmann war eben Rottmann. Ohne weiteren Kommentar ging sie auf das Taxi zu.

Der Fahrer ließ das Fenster auf der Fahrerseite herunter und brummte im verbindlichsten Dienstleisterjargon: „Der Köder kommt aber fei nit da rei!"

Rottmann hielt abrupt an und stellte demonstrativ seinen Koffer ab. Der Typ kam ihm in seiner augenblicklich angespannten Stimmung gerade recht.

„Des is kei Köder!", grollte er. „Merk der des! Unn wenn mei Hund nit in dei Karre neidürf, dann kannste glei widder abhau!"

Elvira sah schon den ICE in der Ferne verschwinden, ohne sie beide an Bord, und versuchte schnell einzulenken: „Der Hund ist sehr sauber. Er kann sich doch vorne in den Fußraum setzen. Wir müssen wirklich dringend zum Bahnhof, sonst verpassen wir unseren Zug."

Der Fahrer gab einige unverständliche Laute von sich, schloss sein Fenster, öffnete den Kofferraum und wollte aussteigen.

„Nix!", knurrte Rottmann, noch immer ziemlich verbiestert über den unfreundlichen Fahrer. Angriffe gegen Öchsle nahm er immer persönlich. „Wir nehmen das Gepäck mit in den Fahrraum." Knallend schlug er den Kofferraum zu und wuchtete seinen Koffer auf den Hintersitz. Elvira hatte Mühe, sich mit ihrem Handkoffer danebenzuquetschen, sagte aber nichts. Jedes zusätzliche Wort hätte die Abfahrt weiter verzögert.

Der Fahrer presste wütend die Lippen zusammen. Gepäck im Kofferraum hätte ihm eine weitere Gebühr eingebracht. Offensichtlich wusste das auch Rottmann.

Der ließ sich derweil auf den Beifahrersitz fallen und Öchsle sprang ihm brav zwischen die Füße.

„Zum Bahnhof!", befahl Rottmann.

„Da wär ich jetzt nit druffkomme", konnte sich der Taxifahrer nicht verkneifen und gab aber Gas. Elvira atmete tief durch.

Sie erreichten den ICE nach Hamburg Hauptbahnhof in letzter Minute. Erstaunlicherweise war der Zug pünktlich. Hin und wieder geschahen bei der Bahn noch Wunder.

Wie verabredet wurden sie am Bahnhof in Hamburg abgeholt. Eine Freundin der Braut begrüßte sie. „Ich bringe euch jetzt erst mal in ein kleines Hotel in der Nähe der Binnenalster, damit ihr auspacken könnt", verkündete sie und fuhr los.

Nachdem sie die beiden Würzburger ausgeladen hatte, erklärte sie: „Ich habe in der Stadt noch ein paar Sachen zu erledigen. In einer Stunde hole ich euch wieder ab."

Der Portier war ein freundlicher Sachse, der dem Ehepaar Stark den Schlüssel zum Doppelzimmer Nr. 333 im dritten Stock überreichte. Die Anmeldung könnten sie auch noch später ausfüllen, meinte er beiläufig, weil sich schon wieder andere Gäste am Empfang drängelten.

Erich Rottmann war wie vom Donner gerührt. „Elvira, hast du auch Doppelzimmer verstanden?", stotterte er, während seine Jugendfreundin schon auf dem Weg zum Lift war und so tat, als wäre nichts geschehen. „Und was war das mit dem Ehepaar Stark?"

„Hab ich dir das nicht gesagt?", entgegnete sie. „Die Hotels in Hamburg sind alle bis auf das letzte Bett ausgebucht. Es findet zurzeit irgendeine Messe statt. Mein Patenkind war froh, dass es dieses Zimmer noch gab. Sie hat es auf meinen Namen gebucht. Daraus hat der Portier geschlossen, dass wir verheiratet sind und Stark heißen. Das ist doch kein Problem, oder?"

Erich Rottmann taumelte regelrecht in den Aufzug. Das war eine Falle! Öchsle setzte sich neben ihm nieder und schmiegte sich an ihn. Er fühlte, dass sein Mensch ganz durcheinander war.

„Jetzt stell dich nicht an, Erich", gab Elvira zurück, „wir sind doch zwei erwachsene Menschen. Ich werde dich schon nicht fressen!"

Das Zimmer war schön geräumig und entsprach durchaus einer anspruchsvollen Kategorie. Mitten im Raum prangte das ausladende Doppelbett, das Rottmann wie die Verkörperung einer Hinrichtungsstätte vorkam.

„Macht es dir etwas aus, wenn ich am Fenster schlafe?", wollte Elvira wissen und tat so, als wäre dies die größte Selbstverständlichkeit der Welt. Innerlich triumphierte sie. Wenn es ihr hier in Hamburg nicht gelang, die Junggesellenburg Erich Rottmann zu knacken, dann wusste sie auch nicht ...

Rottmann zuckte nur mit den Schultern, dann ließ er sich erschöpft in den Sessel fallen.

„Du musst dich fertig machen", forderte Elvira ihn auf. „Die eine Stunde ist schnell vorbei. Soll ich dir ein paar Sachen aus deinem Koffer heraussuchen?"

„Um Gottes willen ... Ich meine, das ist wirklich nett von dir, aber ..."

Elvira lächelte. „Ich verstehe. Auf jeden Fall verschwinde ich jetzt schon mal im Bad." Ohne großes Federlesen zog sie ihre Bluse aus und warf sie auf das Bett. Erich Rottmann wusste vor lauter draller Weiblichkeit nicht, wo er hinschauen sollte.

Elvira schnappte sich ihren Waschbeutel aus dem Koffer und verschwand summend im Bad. Im Spiegel konnte sie sehen, dass ihr Erich Rottmann verstohlen hinterherblickte.

Doch noch nicht alles verloren, dachte sie schmunzelnd und schloss die Badezimmertür – ohne sie zu verriegeln. Sie war sich absolut sicher, dass Rottmann den Türgriff nicht einmal berühren würde, solange sie sich im Bad aufhielt.

Erich Rottmann befand sich wirklich auf einer gefühlsmäßigen Berg-und-Tal-Fahrt. Wie kam er nur wieder aus der Nummer mit dem Doppelbett heraus? Er konnte Elvira doch nicht so vor den Kopf stoßen. Auf der anderen Seite hatte er seine Prinzipien.

Rottmann suchte sich ein paar Klamotten heraus, die ihm für die Hochzeit geeignet erschienen. Er hatte zwar den dunklen

Anzug schon seit Jahren nicht mehr getragen, aber er wusste, mit angehaltener Luft bekam er den Hosenbund zu. Ausnahmsweise verordnete er sich einen Gürtel. Er traute den Knöpfen nicht.

Eine halbe Stunde später kam Elvira aus dem Bad. Sie hatte sich den hoteleigenen Bademantel übergezogen. „Du kannst jetzt rein", verkündete sie, während sie sich an ihrem Koffer zu schaffen machte. Rottmann raffte seine Kleidungsstücke zusammen und eilte ins Bad. Er überlegte fast eine Minute, ehe er sich entschied, ebenfalls die Tür unverschlossen zu lassen.

Sie waren gerade fertig, als ihre Fahrerin wieder an die Tür klopfte. Schweren Herzens ließ Rottmann Öchsle im Hotelzimmer zurück. Er gab ihm einen Ochsenziemer zum Knabbern und der Rüde zog sich in eine Ecke zurück. Von Stund an war er nicht mehr ansprechbar. Mit dem langen Ziemer würde Öchsle einige Stunden beschäftigt sein. Das Teil roch zwar übel, doch für Öchsle gab es nach Leberkäse kaum einen verlockenderen Leckerbissen.

Die kirchliche Trauung fand in einer Dorfkirche einige Kilometer von der Hansestadt entfernt statt. Elvira bekam ganz feuchte Augen, als sich die beiden Brautleute das Jawort gaben. Rottmann griff ständig mit dem Finger hinter den Kragen, so als wäre er ihm zu eng. Elvira nahm dies sehr wohl zur Kenntnis, ließ sich aber nichts anmerken.

Die anschließende Feier in einer umgebauten Scheune war ausgelassen und feuchtfröhlich. Nachdem Rottmann einen Schluck von dem angebotenen Weißwein mit dem Namen „Liebmädchen Traum" genommen hatte, war ihm klar, dass er sich hier in einem Entwicklungsland befand, bezogen auf den Weibau. Um seine Geschmacksnerven nicht völlig zu ruinieren, stieg er sofort auf die landesübliche Getränkekombination um: Bier und Korn. Eine Mischung, die schnell getrunken wurde und Erich Rottmann trotz seiner Trinkfestigkeit schnell zu Kopf stieg, mit dem Ergebnis, dass er sich zu fortgeschrittener Stunde von der Braut sogar zu einem Tänzchen auffordern ließ. Eine Übung, die in der Eleganz eher an die Darbietung eines Tanzbären erinnerte.

Kurz nach Mitternacht interessierte das jedoch niemanden mehr. Lediglich Elvira nutzte die Gunst der Stunde und klatschte ab. Der Discjockey war zum langsamen Walzer übergegangen, den Rottmann noch einigermaßen beherrschte. Elvira Stark war auch nicht mehr ganz nüchtern. Der von den Damen bevorzugte Likör war zwar süß, stand aber in der Wirkung dem Schnaps der Herren in nichts nach.

Es war fast drei Uhr morgens, als ein als Fahrer dienstverpflichteter Freund des Brautpaares Elvira und Erich in sein Auto einlud. Beide waren alles andere als nüchtern und fielen mehr in den Fond des Wagens, als dass sie einstiegen. Dabei kicherten sie wie zwei Kinder über ihre Ungeschicklichkeit … und waren schon nach wenigen hundert Metern aneinandergelehnt eingeschlafen.

Der Nachtportier sah dem leicht schwankenden Paar grinsend hinterher, als es einander stützend zum Aufzug wankte.

Öchsle begrüßte beide, als hätte er sie schon seit Wochen nicht mehr gesehen. Den Ochsenziemer hatte er restlos aufgefressen.

Trotz seines benebelten Gehirns dachte Rottmann daran, dass er mit dem Rüden noch Gassi gehen musste. Wahrscheinlich hatte er es nach der langen Wartezeit ziemlich eilig.

Nuschelnd gab Rottmann seine Absicht bekannt, dann suchte er nach der Leine. Öchsle trippelte währenddessen nervös vor der Tür herum.

Sorgenvoll sah der Nachtportier dem merkwürdigen Gespann hinterher, das sich schwerfällig in Richtung Binnenalster bewegte. Nach einer Viertelstunde war Öchsle ein gutes Stück leichter und Rottmann geringfügig nüchterner. Als sie erneut den Portier passierten, winkte ihm Rottmann freundlich grinsend zu, dann verschwand er im Aufzug.

Elvira lag schon im Bett. Rottmann bemühte sich redlich, leise zu sein, als er das Hotelzimmer betrat. Aber Elvira war zu Rottmanns Kummer immer noch wach. „Ich hatte mir schon Sorgen gemacht, dass du auf St. Pauli versumpft bist“, murmelte sie etwas verwaschen. „Ich habe dir schon mal deinen Schlafanzug herausgelegt.“

Erich Rottmann brummelte etwas Unverständliches, dann verschwand er im Bad. Sein Reinlichkeitsbedürfnis war für diese späte Stunde ausgesprochen ausgeprägt und zeitaufwendig.

Als er einige Zeit später dann doch mit klopfendem Herzen ins Zimmer trat, hatte Elvira das Licht heruntergedimmt. Sie lag mit dem Gesicht zu Rottmanns Seite. Öchsle hob aufmerksam den Kopf, er hatte es sich auf dem Bettvorleger am Fußende des Bettes bequem gemacht.

Erich Rottmann huschte schnell zu seiner Matratze. Hastig ließ er sich nieder und zog sofort die Decke über sich. Schnell löschte er das Licht. Dann lag er stocksteif auf dem Rücken und starrte schwitzend zur Decke, jeden Moment mit einem Angriff von der anderen Bettseite her rechnend … und schlief nach wenigen Minuten ein. Schon nach kurzer Zeit nahm er seine übliche Schlafstellung auf der linken Seite ein. Da lagen nun die beiden einander zugewandt und träumten … jeder etwas anderes Angenehmes.

Öchsle, am Fußende der Liegestatt, richtete sich nach einiger Zeit auf und betrachtete die beiden Menschen im schwachen Schein des Lichtschimmers, der durch das Hotelfenster kam. Der Rüde spürte genau, dass sich sein Mensch in einer ganz besonderen Situation befand. Solange Öchsle bei seinem Herrchen lebte, hatte der immer alleine in seinem Bett geschlafen. Ein Hauch von Schwermut schlich sich in das sensible Gemüt des Hundes.

Plötzlich legte Öchsle eine Pfote auf das weiße Leinentuch. Er hatte so etwas noch nie gemacht. Es hatte aber auch noch nie eine derart schwierige Situation in seinem Hundeleben gegeben. Öchsle war schlicht und ergreifend eifersüchtig.

Als von den beiden Menschen keine Reaktion kam, ließ der Rüde die zweite Pfote folgen. Geschickt folgten die beiden Hinterläufe nach. Da die Menschen noch immer nicht protestierten, robbte Öchsle langsam die Besucherritze entlang. Nachdem er mit seiner Schnauze die Höhe von Elviras und Erichs Gesichtern erreicht hatte, bettete er seinen Kopf auf die Vorderpfoten und schloss zufrieden die Augen.

Irgendwann in der Nacht erwachte Elvira Stark. Sie musste sich kurz orientieren, dann hörte sie das laute Schnarchen von der anderen Seite der Matratze her. Nach einem Hundertachtzig-Grad-Schwenk, infolgedessen sie sich nun erneut ihrem Bettnachbarn zuwandte, schlug ihr tierischer Mundgeruch entgegen. Bier und Schnaps ließen in der Gärung offenbar eine betäubende Gasmischung entstehen. Elvira verzog im Halbschlaf das Gesicht und drehte sich wieder um. Dieses geruchliche Erlebnis war wirklich absolut abschreckend. Sie konnte in dieser schlaftrunkenen Situation allerdings nicht ganz verstehen, warum Erichs Atem genauso animalisch roch wie der Ochsenziemer, den er heute seinem Hund gegeben hatte. Ehe sie jedoch weiter darüber nachdenken konnte, war sie schon wieder im Reich der Träume.

Auch Erich Rottmann hatte irgendwann eine flache Schlafphase. Als er sich bewegte, fühlte er im Halbschlaf einen feuchten Zungenkuss auf seiner Stirn. „Diese Frau gibt keine Ruhe“, wisperte es in seinen schläfrigen Gedanken. Doch sie schafften es nicht, ihren Besitzer in die Gegenwart zu befördern. Erich warf sich mit Schwung auf die andere Seite, so dass die Matratze quietschend protestierte, und schnarchte weiter.

Öchsle fühlte sich zwischen seinen Menschen ausgesprochen wohl. Ein tiefer Seufzer setzte erneut eine betäubende Wolke übelsten Mundgeruchs frei, dann schlief der Rüde zufrieden weiter.

Günter Huth
Der *Schoppenfetzer* und die Weindorftoten

Gestaltet von Peter Hellmund
Gedruckt und gebunden von Pustet in Regensburg

Lektoriert von Claudia Krug
und Monika Thaller

Erste Auflage 2008
ISBN 978-3-939103-15-8

www.buchverlag.hellmund.de

In der *Schoppenfetzer*-Reihe von Günter Huth
sind bisher folgende Bände erschienen:

① Der *Schoppenfetzer* und die Silvanerleiche
ISBN 978-3-9808253-2-0 (Buchverlag Peter Hellmund)

② Der *Schoppenfetzer* und der Tod des Nachtwächters
ISBN 978-3-9808253-4-4 (Buchverlag Peter Hellmund)

③ Der *Schoppenfetzer* und das Rotweingrab
ISBN 978-3-9808253-6-8 (Buchverlag Peter Hellmund)

④ Der *Schoppenfetzer* und das Riesling-Attentat
ISBN 978-3-9808253-8-2 (Buchverlag Peter Hellmund)

⑤ Der *Schoppenfetzer* und der Henkerswein
ISBN 978-3-939103-03-5 (Buchverlag Peter Hellmund)

⑥ Der *Schoppenfetzer* und der Messweinfluch
ISBN 978-3-939103-09-7 (Buchverlag Peter Hellmund)

Der *Schoppenfetzer* und seine mörderische Weihnacht
ISBN 978-3-429-02813-8 (Echter Verlag)

Der *Schoppenfetzer* und seine weinfränkischen Stammtischgschichtli
ISBN 978-3-429-02910-4 (Echter Verlag)